O Lugar do Corpo

CIP-BRASIL. CATALOGAÇÃO NA PUBLICAÇÃO
SINDICATO NACIONAL DOS EDITORES DE LIVROS, RJ

C298L   Carpi, Maria
         O lugar do corpo / Maria Carpi. – 1. ed. – Porto Alegre
         [RS] : AGE, 2024.
         288 p. ; 14x21 cm.

         ISBN 978-65-5863-294-8
         ISBN E-BOOK 978-65-5863-293-1

         1. Poesia brasileira. I. Título.

         24-92668   CDD: 869.1
                                     CDU: 82-1(81)

       Gabriela Faray Ferreira Lopes – Bibliotecária – CRB-7/6643

Maria Carpi

O Lugar do Corpo

PORTO ALEGRE, 2024

© Maria Carpi, 2024

Capa:
Marco Cena

Diagramação:
Júlia Seixas
Nathalia Real

Supervisão editorial:
Paulo Flávio Ledur

Editoração eletrônica:
Ledur Serviços Editoriais Ltda.

Reservados todos os direitos de publicação à
LEDUR SERVIÇOS EDITORIAIS LTDA.
editoraage@editoraage.com.br
Rua Valparaíso, 285 – Bairro Jardim Botânico
90690-300 – Porto Alegre, RS, Brasil
Fone: (51) 3223-9385 | Whats: (51) 99151-0311
vendas@editoraage.com.br
www.editoraage.com.br

Impresso no Brasil / Printed in Brazil

Sumário

LIVRO I
O Deslugar   7

LIVRO II
O Corpo Órfico   65

LIVRO III
O Corpo da Luz   137

Canto I: O amado estranho   139

Canto II: O vazio e o corpo   189

Canto III: Corpo e solidão   221

Canto IV: O corpo da luz   235

Canto V: A arrebatamento   273

LIVRO I
O Deslugar

1.

A exclusão foi-me nascimento.
Quando não mais havia lugar
nem na casa nem na estalagem.

Nem nos logradouros. Nem à beira
dos lugares. Nem à deriva,
nas antessalas e nos corredores.

Lugar algum. Nem na roupa
ou num nome. Nem na pele
ou na lembrança da pele.

No exterior ou no interior
dos lábios. No descampado
ou no confinamento dos olhos.

Nem no livre, nem no enjaulado
do coração. Nem no vazio
a preencher ou no cheio a esvaziar.

Nenhum lugar para ir, nem para voltar
ou simplesmente se acostar.
Nem nas galáxias nem nas entranhas.

Nenhum lugar para ficar de pé,
à espera. Ou dormir, na incerteza.
Nem para morrer nem para se banir.

Nenhum fragmento de lugar,
nem lixo, excremento, vômito
de lugar. Dejetos de lugar,

soçobros, restos mortais
de lugar. Cicatrizes de lugar.
Mortais sonhos, sem lugar.

Da insuficiência do espaço,
do esmorecimento do espaço,
da sucumbência do espaço,

do total deslugar, nasci.

2.

Amar é acolher a solidão
de outrem, o mar dentro
da barca, dentro das mãos,
sem rachar as tábuas, sem
fissurar a pele. Acolher
o descabido no grânulo.

3.

A solidão às vezes te é própria;
a do outro sempre é tua.

A solidão te é imponderável;
a do outro, em ti, pesa.

A tua solidão transluz;
a do outro, te obscurece.

É longínqua tua solidão;
a do outro, aguilhão na carne.

Vem de fora, a solidão em corpo.
A do outro, de dentro, intima.

A solidão de não liberar-se
do eterno no eito comestível.

4.

A solidão enxaguava-lhe o rosto.
Um perfume vinhado, áspero.
Uns olhos evaporados, alvinitentes.
O amor calado, calado. Mosto.

A solidão era-lhe corpo.
Um corpo com o qual não nascera.
Marido de esposa difusa.
Um corpo vindo de outrem

pela fome. Um diverso sol
de alta esfera, sugando o dentro
como um ímã. Um corpo
que não desmaia nem falece

quando se desentranha e vai
sem a alma, engendrá-la
ferida de amor recíproco.
A solidão reconhece o corpo

e nele embarca e toma rumo.

5.

Eu, ninguém de ninguém.
Não venham disputar-me
a despossessão, solvente.

Eu, do fogo, a consumação.
Eu, da água, a absorção.
E da constância, o não dito.

Não venham disputar-me
a privação, escrevente.
Eu não estou aqui nem ali.

Sou o desentranhamento.
Não venham disputar-me
a salvação de não salvar-me.

6.

Um níquel de miasma.
Um níquel de liquens.
Um níquel, raiz molar,
de algodão com éter.
Um níquel puído
pela correnteza das mãos.
Um níquel de esfinges
esmaecidas, da espessura
de um fio caído
da cabeleira da luz.
O hálito de um níquel,
um tilintim, é o que valho
da poesia que me vale.
E ninguém o paga.

7.

Eu sou os outros. O segundo
time. A retaguarda do flagrante.
O que sobrou, outros, fora
da fotografia e da moldura.

O olho que observa do retratado
a engomação eterna. O verso
sem quebrante. A incorrigível
ruga e a impossibilidade, atrás

da vidraça de celuloide, de ali
descruzar os braços, ritmar
as pernas na incerteza móvel
ou descontrair os rijos músculos

do riso. O olho que observa
a incapacidade cutânea de emergir
do formigamento. Ou deixar
que a lágrima role peregrina da imagem

plastificada. Os outros sendo,
sou o volume dos rios e o deslize
das auroras. O sangue nas ruas,
de inopino, e o tremor incauto

das praças apinhadas, além
do instantâneo. Os outros sendo,
sou o descuido das vinhas
furando a fixidez do *flash*.

Os outros sendo, mais posso
distender-me e surpreender
com um certo rosto, um soslaio,
a vaga nossa fome original.

Mais posso ausentar-me, fundo,
em flancos, na presença final.
Forante as cercas e arquivos,
sou ervas na orla dos mundos.

8.

Hoje não tenho paredes,
nem roupas, nem textura
humana. Nem páginas.
Hoje soletro-me um bicho
ao desabrigo das circunstâncias.
E porque sou exposta,
a luz universal goteja,
sem interferência, sobre
a substância minúscula,
dando-me de si, a forma.

9.

Quando fecho os olhos,
mais em torno vejo.
Quando a nada aspiro,
mais em sonhos respiro.
Quando nem estou,
mais sou corpo cardador.
Quando não insisto,
mais o poema se escreve,
na fruta de sabor crua
de saber-me leve no tear
da veste de pôr-me nua.

10.

Tudo o que não existe,
aparece. O séquito do não
existente faz barulho
na esquina democrática.
E essa escuridão silente
que existe e resiste
ao hálito e tato, germinação
sem densidade e ventre
Escrevo o que não escrevo.
Leio o que não decifro.
O que esqueço, lembra-me.
E mais amo não amando
com a desordem dos lençóis
na tina de alvejarem a tinta.

11.

Não usava coador
para reter a nata
que encorpava o branco.

Não usava peneira
aos grãos do rosto ou filtros
de separar os rios do mar.

Cozinhava o espúrio
e bebia-lhe a borra.
As heras sorviam-lhe o suor.

Até gostava de roçar
o fundo para turvar
a limpidez da superfície.

Tudo é questão
de assentamento c vau.
A luz desce pela poeira.

12.

Retomo a névoa entre
a retina e a paisagem
que não me vê. Vertida
ingresso nos interstícios
a que a inclemência solar
me dispa do invisível.
Tenho pena das coisas
que suportam meu corpo.

13.

A imagem foi tirada
retalho a retalho da colcha
das águas. De obscura,
fez-se aparecida. Ao invés
da árvore transparente,
em fólios, tece alfombra
com fio da luz, ao avelã
velamento. O que resta
é um dar-se adverso.
Alimentá-lo é resto.
Abrir-lhe a porta, resto.
Acostar-se ao leito não
apura a umbra. E adverso
quer-me transubstância.

14.

Sou a água dos pés descalços.
Sou a água das tranças desfeitas.
Sou a água da cama desarrumada
e o vestido puído no enredo.
Sou o distúrbio dos papéis
no avesso do tecido. A asa
da xícara quebrada e a migalha
que o bico ciscou para subir
outros voos na descontinuidade.
Tu, amor, és o caminho, fogo;
eu, a água, sempre em veredas.
O fragmento que a pupila dilata.

15.

Nascer é perceber-se distanciado.
E transportar a vida ao inacessível.

É tarefa de voo cego, de lume cego,
aos temporais sem lampejo, secos,

somente com a escuta da água.
Varar a distância é advir em corpo

até enfraquecer-lhe as juntas
de onde escorrem pensas frutas

e enrugar-lhe a pele com o sol
vazado. Varar a distância, densa

em desvaler-se, fazendo-a
arrefecer. Varar a distância,

lume a lume, os trópicos
e os tropeços, fazendo-a crescer.

16.

Quando eu me abasteço
do lugar e não arredo,
nem em pensamento,
de seu primordial sustento,
o longínquo se acerca, fera
domesticada e limpa-me
as unhas, nutrindo-se
do sobejo das relíquias.

17.

Entre mim e ti, assenta
que não nos absorvemos.
A nudez não despida.
O silêncio não silente.
O amor não amado.
Entre mim e ti, avulta
a plenitude de um corpo.

18.

O acesso a meu corpo
tem vários descaminhos.

Para me enxergares, terás
de fitar-me informe. Ainda

na amêndoa. A procura
não termina com a presença;

a ausência é a primeira
porta e o adiamento ao

infinito. Tocar-me desdobra
as ondas de tua própria invasão.

19.

O poema em seu corpo
não tem duração e transparência.
O poema em seu corpo
é o esvaziamento do tempo.

A figuração é o alicate.
O rompimento da bolsa uterina.
O corte consagra, bardo,
a vindima que enxuga a raiz.

Ainda não me desfiz da mala
do nascimento. Ainda não vesti
todas as roupas nem recitei
os papéis inscritos no sangue.

Restando vazia e sacudida
à janela arejada de sol,
ser-me-á barca ou leito. Quem
me vestirá e alteará os versos?

20.

Afasto-me do poema
a que tu te aproximes.
Deixo a casca oca
de seu habitante. Cisco-me
e entrego-te o corpo
sem o sumo alento
a que sejas atento resumo.

21.

Tocador de sombras, várias
bólides de sombra. Sem açoite,
apenas o sopro e os suspiros
o tangem, tangendo-as enoveladas.

Tudo o que de mim se desprende
não é para agora. A fruta de meus
olhos, os filhos do ventre, a seda
desfiada da pele, não são para agora.

Entre os ossos, depois do agora,
entre a cartilagem, depois, entre,
lêndea e favo, entre verbenas,
comiseração e precipício, entre

linhas. A palavra de amor agora
não é para agora. As crinas
das páginas não são para agora.
As lucernas das páginas desfazem

a réstia de algum agora. Apenas
a carne, gozo e padecimento,
desamarrada do retrós, asno
de olhos dilatados, untuosos,

a levar ao lombo o amanhã,
agora padece declives e calos,
agora rumina as parcas letras,
troteia e me põe em movimento.

22.

Eu sou eu e o resto do perecimento.
Eu, sobrevivente de tantas tentativas

para ser-me. Onde me deito, do pó
levanto-me. Eu, a rocha onde me agarro

e os meus naufrágios. Eu, malogro
de minhas substâncias perdidas,

o sonhado da névoa de meus delírios,
cujo sonhador se desgarrou em fria

labareda e o estremecimento comigo
na estranheza do joio com o trigo.

23.

Vivi todo o ciclo que a vida
dura, e uma sobrevida de cozedura

aderiu-me à pele. Eis, sem a polia
das horas, a rachadura. De sobejo,

do ramo fendido, uma bacia de prata
expõe suas peras extemporâneas.

Ao devido tempo, salivamos
o inaudito. Na protelação das frutas,

o dia nos morde. Tudo se rompeu.
Apenas ouço. Finalmente ouço.

24.

Mais caminho pelo interdito.
E só por aí realmente me movo.
Sem nenhum amparo meus pés
progridem. Onde há apoio de chão

firme, não necessito andar.
O lugar e os lugares insuficientes
são ao módulo escrevente,
corpo órfico, que fadiga espaços

ao coração desenfreado
e cai em si, passo a passo,
a fazer-se um vaso dentro
embutido, dentro casado,

dentro do mundo, com a vide
enraizada ao seu istmo,
a sair-lhe pela boca de argila,
antes do levante do pó

na gramática dos ossos,
que o caminho é não ter
caminhos e a vindima
farta é não comer-lhe os frutos.

25.

Dentro de cada ser, há um ser
enterrado. E mesmo destapado,
explícito, a olho nu disponível,
tem por coberto, incrustado,

tudo o que o anima. É tarefa
do poeta cavar e escavar,
fazendo teorema ou poema,
desentranhando-o fio a fio

do crivo de lírios no bordado.
Desenterra da cadeira, o nume;
do espelho, as asas molhadas.
E desenrosca da escuridão,

a fitação da última vela extinta.
E desterra os trapos e signos
da palavra incruenta, úmida
do timbre da boca a prêmio.

E a cama estendida onde desce
o ocaso do sonhar, não é objeto
do verso, semente sem coberta,
com a demora de tirar um corpo

de cima do ventre soterrado.
Tirar de sobre si, desencravá-lo
dos destroços do vivo ambulante,
travando-lhe o rosto e o oxigênio.

26.

A vida não flui nem desliza.
Aos solavancos dá-se a escrita.
Um engasgo e um solavanco.
Um sufoco e outro solavanco.

Um desmaio e um boca a boca
do solavanco. A repetida gafe
e a conta não paga do solavanco.
A contramão de um solavanco

multado. A primeira menstruação
no absorvente que o solavanco
não clareia. A vida não voa nem
plana aos solavancos do radiograma

de um poema. As solas solapadas,
as soldas malfeitas de um solavanco.
O ataque epiléptico com a língua
mordida. O cuspe engasgado da lavra

eclipsada. Os milênios da lesma
e os breques e travas do solavanco,
sem reanimação cardíaca,
de um corpo subjacente à letra.

27.

O deslugar não faz da pátria
andar-se, mas a pátria não estar
mais em parte alguma e qualquer

lugar ser a inundação de sua falta.
O deslugar não empurra a barca
à outra margem, mas a margem

oposta derrama-se sem a travessia,
e uma bólide de chumbo onde
era haste de trigo se alberga

na carne. O deslugar é o exílio
de tu-comigo sem estares em ti.
Exílio maior é o amor entre nós

sem lhe consentirmos o corpo.

28.

O exílio não estava sob o alqueire.
Ele bruxuleava dentro da fruta
que obscurecias ainda em seu grão

e aguardava pela santa fome mútua.
O exílio não sustentava a noite
ao pé da chama amortecida,

mas todo o rosto em chamas
ao longo da noite enferma.
E às vezes, por um nada de suor,

um nada de brisa, um tremor
de cílios, é a alegria de face
contra face, puxando a manhã.

29.

Por que somente tu não ouves
as batidas do deslugar acelerado?
O latido do deslugar insulado
no peito e somente para ti, o corpo

é um equívoco? A presença é um
equívoco? E te fustiga ainda sermos
um homem e uma mulher? Somente
tu, com ambas as mãos no vazio,

com vesgos olhos no vazio
antecipado, do frêmito, do frio
de uma pele em brasa de quem
desconhece o desejo e o suplício

de nunca mais expandi-lo em asas
nem derramá-lo em hortas,
deixando a densa paixão evaporar,
não suspeitas da consumação,

da queda, não suspeitas do esvair-se
com a força de um galope seco
na desesperança, derrubada de ti
a dura pedra e evadido o clarão

do espírito das frouxas ataduras.

30.

Tal a roupa despida guarda
o cheiro do corpo, os lugares
e os dias alertam-me de tua vinda,

e o corpo conosco, recente,
a um passo de alecrim, a um palmo
de bálsamo, a uma porta de água.

E talvez bem pouco: a uma pele
banhada de andorinhas. Talvez
bem menos: a um alinhavo, a morte.

31.

Quando eu conseguir num só
invólucro, num só texto, aliar
a saliva esquiva à água viva,

a chama extinta ao fogo eterno,
o hálito escasso ao primordial
sopro, faltar-me-á rasgar-me

as páginas e romper-me a cal
do escrito e caiado, a que entres
com tua sede, com tuas cinzas,

com teu desfalecimento, não
a minha medida, mas sendo-me
casa e as cercanias dos olivos.

32.

Não apenas o noviço amadurece,
em deslugar, mas a madureza reverdece;
não apenas a sede desperta a fonte,
mas prolonga a noite do cântaro;

não apenas o amor consentindo
que o sigamos, mas querendo pôr
passos conosco em mendicância.
E o exílio pegando-nos pela mão

sobre a caneta, nos ensina que pátria
é onde não chegamos. Pátria
é nossa impossibilidade corporal.

E o escuro é sempre sol na fronte
de um homem em solidão, carvalho
imenso, atento ao horizonte inválido.

33.

O tempo é grão plantado.
Não se o vê, moinho embutido.

O espaço é grão florescido
e debulhado. A fartura dos olhos

ao fechá-los para suarem
a leiva da fundura e o infinito.

Não escolho o lugar da precipitação
a ser o dia e a hora do verde à mostra.

34.

O mistério sempre está de portas
abertas, mas nem todo o passante entra
e nem todo o entrante o contempla.
E quando, de viés em viés, entra e o vê,
cara a cara, não se deixa enviar.

35.

Uma lástima ainda não é
lástima em sua desabitação.

Uma lástima ainda não faz
lástima em seus andrajos.

Uma lástima ainda não goteja
lástima em sua desfiguração.

Nem espuma lastima nossa
imersão na lástima. Nosso

opróbrio em seus vergões.
Nossa presteza na ignomínia.

Uma lástima só é a lástima,
arrastada pelas ruas e erguida

na praça, quando for exposta
aos incrédulos de sua realeza.

36.

Em deslugar, o invisível está
ao relento, nas substâncias, salino,
à espera que intensifiques o gosto.
E inaudível perpassa tudo, córrego
de asas, à espera que te aguces
a ouvi-lo, coágulo, ao destempero
emigrado às vastidões inenarráveis.

37.

O vivo é múltiplo, mas o morto
é genuíno. Seu lugar não é o jazimento.

Nem a vacuidade entre suas roupas
e trastes. Entre sua letra nalgum recibo

ou ao pé da leitura interrompida.
Por mais meticuloso que tenha sido,

deixou fotos, deixou pertences e
talvez um nada a declarar, deixou

criação e cultivos e talvez um a esmo
do rosto ao poente, tudo fora de lugar.

O morto desmedido assenta praça
no incomensurável. Na inteireza

da morte, o lugar é idêntico ao morrido.

38.

O que há de mais pesado
ao morto e o leva consigo,
causando-lhe mais fadiga
à travessia do éter, é a utopia.
E os estados de devaneio
com seu cortejo de matéria
incandescente. E a lava
que lhe vem à boca seca,
perenizando-lhe o acordar.

39.

Uma exclusão só é pensável
e narrada através do útero. Amor

e vida se os conhece, perdendo-os.
A verdadeira escrita: a possibilidade

de perder. Tenho certeza do suco
ou súmula que entrelinhas escorro

e deixou-me, pois sei-me bagaço.
O resíduo de letras e pó atestam

a vida em perdas. Maior suplício
do que sobreviver ao crime,

castiga-se em sobreviver ao livro.

40.

Não disponho tocar o sol,
mas posso e me empenho
em arrodeá-lo. Mantenho-me
viva, ficando-lhe rente. Essas

asas tênues destinam-se
à aproximação. Em simetria,
acerco-me da água e do fogo.
Em hálito, acerco-me de tua

boca. Acerco-me infinitamente
da finitude. Viver e morrer
são aproximações. E a palavra
quer o corpo. Um vaivém

de cestas e foices na lavoura.

41.

Para quem não tem o próprio
corpo, o lugar é sólido, inarredável.
O lugar em sua ossada, sem o volume

dos sonhos. O demais, carnação
e sentimentos, pomar e pomos,
são-lhe remotos. Os olhos oclusos

e a palavra pétrea. Para quem
não tem o próprio corpo,
o lugar é definitiva masmorra,

uma edificação sem pontes,
com o habitante desencontrado.
Vai-se de corredor a corredor,

de instância a instância, vai-se
de sufoco a sufoco, gradeado
à protelação da presença inerte.

42.

O dia da palavra consumiu
meu corpo e a cartilagem

dos sonhos, comeu meus passos
e o rastro dos sonhos. Raspou

os vestígios de minha claridade.
Nem cinzas do cremado coração,

nem um graveto da amplidão,
chamuscado, pluma do desmaio,

uma sobra do vinho na toalha
derramado, algumas migalhas

do despropósito de escrever
com mão alheia sobre a tábua

da jubilação. Quem se apaga
na consumação da glória fátua?

Essa alma expulsa de suas letras,
morre-lhe o corpo na dicção

ausente ou a palavra, sem a carne?

43.

Fui temporã ao ventre da mãe
exaurido. Fui temporã ao útero
da poesia em eclâmpsia. Puxo-me
o resto do sumo, com esse astro

de cães ao crepúsculo, esse sol
de roldão declinante e perdendo-se
em sangue. O amor lido de através,
anterior ao nascer e ao nascido,

sendo alento e ritmo dos gomos,
com as contrações a seu tempo,
quis-me ao excesso do desejo,
vide de páginas crestadas, pôr-me

fora de época, temporã vindima.

44.

Não procurem pelos despojos,
o Ínfimo; não queiram enfatizar-lhe
as feições na vala das coisas desfeitas.

O Ínfimo na morte não jaze; seu lugar
de repouso é a navegante aurora.
Não queiram vasculhar os sudários

e as partículas de pólen grudadas
ao tecido agônico de quem levanta.
Nem detectar o ponto fatal a esvaí-lo

em sua pele de incêndios à grande
ostentação. Ele não está em lugares
da detença; sobrevoante, verbo ferido.

45.

Ao nível do mar alto, estufadas
as velas, começamos a perder os
invólucros anteriores à desencarnação.

Mais vulneráveis que o pano
dos grossos tecidos da lona e do brim
ao tafetá e à musselina, que poucos

os perdem ou os têm rasgados,
não os tendo, são os papéis de títulos
e pertenças que outros exercem

antes do esfriamento do corpo.
A fotografia e as úmidas digitais
da identificação mais servem

à alienação sem taxas, do nome,
do rosto e da angústia. E os artefatos
com duplo arremate, na descartação,

resvalam a penúria e os recuados anjos.
Quem imprime a última cota? Ir
da agonia ao jazigo é ofício cobridor

de faces e de círios, ambos cotejantes.
Ir à predestinação da carne é tarefa
desvelante. Ai de quem fica à mercê

da luz do dia e do orvalho da noite!
Ai do não sepulto! Antes o tivesse
cevado a rapina. A desencarnação

corporifica o poema, abate, exibido
à fome, um cordeiro ou uma rola,
inermes, à mercê da leitura insone.

46.

Há os que desencarnam em vida,
com a lepra queimando-lhes os sucos.

E há os mais tenebrosos que se despem
da carne isenta como um rio secando

antes do deságue. E lhes resta apenas
o álveo onde as sombras acumulam

os seixos. Em deslugar, os radiosos
a expulsam, cria de suas entranhas,

e a aquecem com o hálito rarefeito,
esquecendo a breve caligrafia.

47.

O demônio é a precipitação
e o precipício sem o corpo precipitado.

Deus é a lentidão enovelada
da luz à encarnação do verbo.

Sete dias apojados de milênios
aleitam os elementos e as coisas.

Não há pressa na individuação,
centeio por centeio, do mínimo

que navega em suas artérias.
E quando o demônio esbarra

em si mesmo, o Fazedor descansa
para o grande fôlego de cobrir

a carne de sua sombra, para ver-se.

48.

Ó minha morada,
livra-me da tentação
da residência.

Ó meu corpo,
livra-me de cair
em imortalidade.

49.

Ao redemoinho da pressa,
oponho minha morosidade.
Aos gargalos da pressa,
oponho-me cindida demora.

À centrífuga boca, a lentidão
do fruto antes da molécula
desatar os olhos suculentos.
Às hélices do liquidificador,

os valos da lentidão da luz.
À descarga elétrica dos sentidos,
a lentidão da pele antes de a oxidação
do ar chocar o ovo. Tênue, em atraso,

diante da aceleração de um corpo
em decomposição, sou um peixe
correnteza a cima. A lentidão
de um pão repartido, elevando-se

com os candelabros de mil cavalos.

50.

Não corre perigo quem
almeja a grandiosidade.
É muito temeroso querer
a pequenez, a cesura.
É igualar-se à misericórdia.
Melhor cobrir-se de várias
capas e camadas. Orgulhar-se
em adereços e complementos.
A imensidão no microscópio.

51.

Na esperteza do ermo caminhou
com os pés voltados para trás
e, hóspede do vento, se engolfou
no sumiço. O sumiço tecia-lhe

um vestido malva, inteiriço,
sem caseaduras. Cópia de sua
linguagem, mais sopro do que linhas
prendidas por grânulos de areia

que se movem e logo são outras
dunas ou feições. Mesmo que
as alfineteiem com alaridos
e camelos ou afundem o oásis

de uns olhos e o tato de um poço.
Um sumiço em abismo, a meio
caminho entre o sim e o não,
entre a nudez e o invólucro,

a meio caminho entre o olfato
e a rigidez, entre persianas,
quando a vida abaixa as pálpebras,
filha do estranho que a fita.

52.

Vida que por mim transita,
perdoa a minha imobilidade.
A mão que não alcança, o pé
que não entra, o peso da casa,

dos cômodos, o estreito da roupa.
O peso da nostalgia, os granizos
sobre a lavoura da fé e da justiça
tardia. Perdoa querer ficar onde

queres prosseguir; concluir
onde queres abrir e, com sólidas
barreiras, resistir a teu fluxo.
E opor a razão ao engasgo

que estremece o sonho e opor
a alma ao corpo que ali germina.
E mais perdoa onde és caminho
com teus veios, opor-me terra

endurecida; onde assopras sabor,
opor-me espinhos. E onde és,
teimar em reunir-te a meus limites,
opondo a duração à passante dádiva.

53.

Para que me sobrevivam, medro
na pedra, cedro. Medro na íris do trigo,
garfo. Medro a jusante dos rios, cisco.
No grifo, no estigma, no aro, selada.

Para que me sobrevivam, desusada
serei, estanco, estagno. Para que me
sobrevivam, morro de parto, o cotovelo
sobre a página e a mão, apenas um talo

de gerânios. Com que pagam, sustento.
Eu, de valde, vivo. As folhas salteadas
da leitura sôfrega ou insossa, ao sobrevivo
retinham o segredo. No sorteio, excluiu-se

o bilhete premiado. A verdade gostava
de nuançar-se. E a imersão na gratuidade
não tem gênese nem necessita aprendizado.
A graça é a plausível correspondência

sem cronologia. Sua não encadernada
carnação é atemporal. E a brecha,
inassinável. A paisagem repousa na carta
rasgada, maturante. A ressonância

da graça faz as pedras cantarem. Liberta
sem mandado de soltura em sua gaiola
de chamas. Dentro é mais extenso pampa.
Dentro, a sós agraciado, é o infindar-se.

LIVRO II
O Corpo Órfico

1.

Quando eu entro em corpo,
o universo inteiro entra.
A solidão faz-me inumerável.
Quando eu entro, abrem-se
as páginas e encontras a mesa
posta. Alimenta-me, então,
com tua fome, que a minha
é pouca iguaria para suster-me.

2.

Entrar em corpo, entrar de modo
a ficar sentada sob o limoeiro
da escuta e ver-me outra atravessar

o umbral da lágrima, à procura
do suscitador. Pressa não disponho
para a eternidade rente à porta,

que afundará os olhos ao interior
da casa, no escuro recinto onde respiro,
tênue carne, acalmada turmalina.

3.

Para entrar, esperei o esvaziamento
da demasia. O núcleo esfaqueado
da bilha inclinada. Para casar-me

tive de descasar-me. E sendo solteira
em segundas núpcias, ir-me em solidão
a menstruar o vazio, como dois sopros

ao desvalido tronco, ramificando-se,
múltiplo, cálice do tabernáculo. Um
dar-se, algemada; um voar-se, amarrando.

4.

Há um ponto do limão de deixá-lo
no pé que dispensa o açúcar e a parceria
da água. A mistura opera-se na boca

que aguardou a prova e na artimanha
da saturação com o sol concentrado
em casca, poema, que o limoeiro aguça

e arredonda. A parecença com o olvido
é ilusória e difere não pelo apagamento
do tempo que lateja suave o paladar,

hibernante, mas atmosfera de nó e laçada,
trinco na rótula do osso que espelha, junta
de novilhos. Um limão que me ajoelha.

5.

Há os que viajam locomovendo-se
exaustivamente e arrastando pesadas
malas e mapas, com bilhetes e tíquetes.

Arrastando a vistoria do passaporte.
Para eu viajar necessito ficar em mim.
Entrar no miocárdio, sem bagagem,

sem extravios e correlações. É o ponto
das coordenadas com as estrelas,
a medula das visões, o moinho d'água

do olfato, antes de desalterar-me
em rios e alísios. Antes de o rosto
desfolhar-se. Para eu viajar além

das paisagens pálidas dos locais
turísticos, além da rosa dos ventos
murchada pelos cruzamentos aéreos,

além dos pacotes do fastio, necessito
descer ao íntimo e escavá-lo anterior
a meu surgir, a tocar a cálida esfera,

com o estio da nuvem que me gerou.

6.

Não vejo na dispersão
a pulverização da luz;
na rarefação do grão,
a luz continua vertente.

Não vejo no silêncio
a paralisação da voz;
a escuta umedece a planta
a melhor apreciar a fruta.

Não vejo no desamor
o abandono, o desabrigo,
mas o amador a seu encalço,
no ido amor agasalhado.

7.

Onde vês somente areia,
grânulos, fragmentação,
vejo um corpo e seu movimento.

Onde vês água contida, vejo
um rosto; onde vês derramada
água, vejo a fonte carpida.

Onde vês uma nódoa, vejo
a inocência. Onde me vês,
não vês a árvore florida

da maneira como te vejo.

8.

Os olhos encontraram os olhos
e desviaram-se da terra. A pedra

atirada ao rosto ainda não chegou
ao fundo do poço. A boca selou

outra boca, e esqueceram-se da terra.
O poço não clareou de estrelas

o fundo do breu. A paixão acendeu
a paixão e, entre as duas, a porção

eleita do universo. A carne de minha
carne ainda está fora de meu corpo.

9.

Ver-te fora de minha febre, curativo,
faz-me entrar. Ver-te aplacado, move
os pés ao tanque de avencas. Ver-te
verdejante, adentrando-me no visto
que nos vê vizinhos das vespas ondulantes.
Ver-te transborda-me ao dentro, saltério
que circula e fermenta a mútua apetência.

10.

O lugar, antes de permitir
minha entrada, ingressou
em mim e provou de meu ritmo.
O lugar, com o sol às costas
transpirando, banhou-se
em meu refrigério e quer
assediar-me antes de abrir-se.
Entre mim e o lugar, o intervalo
de um desmoronamento.
Há, denso, denso, um corpo.

11.

Ainda fere-me o lugar que,
na infância, não tenha vistoriado.
Alguma dobra, alguma escarpa,
encaixe ou declive que, alheio

à visita, ficará sem o pólen.
As crianças vasculham o fora
de uso. A retina absorve imagens
e as devolve ao farol giratório

para que boiem. Preciso esvaziar-me
dos cantos não esgravatados,
dos funchos e teias não varridos.
Ocupar essa sala silenciosa, puir

a seda. Deixar minha umidade
à borda do copo, da gola. Invadir
o estalo do maduro em degraus.
O repouso do arado não é sua inércia.

12.

As mãos pousam aparentemente
desnudas e acumulam no côncavo
de estrias uma fruta de nuvens.

Os lábios fecham-se aparentemente
escorridos de sumos e abrem
aos rios um ar de campina lacrada.

Os olhos silenciam aparentemente
selados e discorrem em translúcidas
esferas as coisas que absorveram

a luz da retina amorosa. São ponteiros,
são indícios, para eleger não o amor,
mas eleger os olhos para contemplá-lo.

De eleger na boca, o desejo a degustá-lo.
De eleger o carmesim de silêncio na palavra.
De eleger na lâmina a fina flor carmina,

a prata água de escamas a desalterá-lo.
De emigrar com as purpurinas aves.
De escolher no outro o próprio corpo.

13.

Gosto de esperar. Não de esperar
que chegues, mas, quando chegas,
esperar por teus olhos. E, dentro de
suas rolas que chegam, esperar o dia
amadurecer a noite a seu ponto, dentro
da mirada aleitados em arrulhos
de um corpo voante, nela incendiado.

14.

Por ti venho. Por ti que me vês
ao longe, um ponto escuro no campo

de trigo, uma mancha de tinta
na escrita, transudada de milênios,

um grifo de hálito ao vento, venho,
fósforo na imensidão das águas,

gozo entre verbenas assopradas,
ao longe do nome com os lábios

entreabertos, a porta entreaberta,
que me vês e eu prossigo até ser

de corpo inteiro porque tu me vês
e abasteces, longínquo, a insignificância.

15.

Quando as rodas de fogo me cercaram,
soltaram-se plumas do olhar que me sustinha,

cobrindo-me e sob o corpo a terra guardou-se
úmida e verde. De sólido, o ar da ausência

que respiro. De sólido, o eflúvio da palavra
que encubro. De sólido, nossos corpos

separados pela alma, vaga. De sólido, tudo
o que me condensa em água ígnea. De sólido,

tudo o que me converte estiva em luz.
De sólido, o texto que me transfere de viva

voz. De sólido, os olhos do amante no amado,
com a inclinação dos mares, mirantes.

16.

Não preciso deslocar meu corpo
para atravessar as águas. Não preciso
perfumar o corpo para singrar os ares.
Não preciso desfibrar meu corpo
para surtir a lâmpada. Mas preciso
desaprumar-me para repousar em
teu peito marulhante. Não preciso
colher do fruto para comer nem puxar
o balde das sombras para beber,
mas preciso desprender-me da árvore
e gotejar do insondável para saciar-te.

17.

Eu posso duvidar
de que minha alma
tenha um corpo, mas
nunca duvidei
do Corpo do Verbo.

Eu posso desistir
de respirar, mas
nunca desisti do fôlego
do Verbo. Eu posso
emudecer pelo império

e o amor em mim falar.
Não é tarefa da luz
erguer a alma, mas
do corpo. Da sofreguidão
de luz de um corpo.

18.

Para uma fruta tornar-se
doce, pessoa do verbo,
precisa laborar o azedume.
Para a carne tornar-se
espírito, verbo da árvore,
precisa lutar com a textura
do ciúme. Se teu verdor
secar, falo à ramagem
que há nas pedras. Se
tua voz emudecer, ouço
os rios que há nas pedras.
Se a luz amortalhar,
acendo, apagando-me,
a vela volátil da pedra.

19.

Nada me é abstrato.
A solidão é um corpo.
A alegria é um corpo.
A noite e o dia, enlaçados

corpos. Tudo é um corpo
de casamento indissolúvel.
E o Verbo que por mim
transita, um corpo santo

que me desata em três.
Não sei se viverei
até o clarear da aurora.
Apenas sei que esta hora

é um corpo que me
estreita a si e me nomeia.
Não sei se comerei
do fruto que a árvore

incendeia. Apenas sei
que a semente é um corpo
que me semeia e o amor
um corpo que me recolhe.

20.

A densidade da alma circunscreve
o lugar do corpo. E os rios demarcam

a solidão. O sopro do Verbo dança
em mim, fazendo-me oscilar entre

a luz e as sombras malferidas. O sopro
do Verbo desprende as folhas tangidas

e faz-se ondulação. Não se lhe apaga
a não grafia. A sua tinta indelével

não se apaga quando nos mancha.
Pão ao relento temperado de formigas.

21.

Sou a sombra do Verbo e aguardo
o meio-dia para entrar, absorvida,
em seu corpo, como se água de beber.

Não se trata do arraial da sede ou
a sua variante que se alonga na pedra,
mas secura e frescor trançados.

E essa figueira de cobre e visco,
no descampado, por léguas e léguas
de perdizes tontas, não é uma solidão

sob as estrelas latejando transparência,
mas uma presença entre o desperdício.
Para ler-me os pés, sombra do Verbo,

ler-me os vincos e varizes que avultam
de sua pele, necessito perder peso.
O peso medido e o peso levitado.

22.

Não ingresso no templo,
dardo em cheio, espinho em sol;
não permaneço de pé à frente
nem me prostro à entrada
na casa do Verbo. Não canto
loas nem bato no peito entre
o altar e o átrio do pão.
Eu, sombra, à luz arrodeio.

23.

O lugar do corpo é a revelação
e as crinas. Mesmo no deslugar

do cárcere, do fosso, do útero
esfaqueado, da ferida arruinada.

Ou na caverna do óbito sem pranto.
Um tempo sem números, um galope

sem pressa. Retiradas as tábuas
da parede do rosto, do assoalho

do rosto e os pregos da varanda
do rosto. Apagada a letra, venço

a mim mesma para viçar em tua
substância. Revelação, égua reiuna.

24.

A troca de alianças não se deu
ao darem-se de parte a parte os corpos,

mas com a permuta das sombras
e a virada do incêndio em frescor

úmido de uvas pisadas. O corpo pede
água e queima o aplacante. A sombra

engole chispas e aplaca o abrasante.
A prova do fogo não é o amor

contido da presença. Mas o fogo
alastrado da ausência. Não está

inteiro onde os braços fecham,
mas andarilho, salteador, sempre

forasteiro. E o rico ali é o saqueado
e de tal malfeitor segue algemado.

25.

Não ultrapasses nenhum horizonte
além de teus próprios ermos. Não
peregrines além das fronteiras corporais.

Não sigas nenhuma voz proclamada
aos ventos além do silêncio que nutres.
E tem por palavra não a que te revela,

mas a que te encobre até expulsar-te.
Inscrita ao não lido e ouvido que te lê.
Por mais passos que dês e caminhos

que percorras, tua boca não alcançará
a dançarina infinitude de estar parado.
A imóvel lamparina da duração móvel.

26.

O lugar do corpo é um não
se mexer de andar disperso.
O lugar do amor é um não
se viver de andar morrido.
Aprende com as águas
a ser um corpo órfico. Elas
juntam o irreconciliável:
a constância e a desaparição.
A pedra polida, lisa, em alvor
redondo, do poema, o rio
lambe, lava, esculpe sem
deixar lascas da matéria
nem vestígios do lavrador.

27.

A razão de minhas razões
é a alma reunir-se ao lugar do corpo.
Puxar seus fios da mais remota
constelação à íris da água furtada.

Um subsolo que levita e o corpo
ser a varanda do misericordioso,
seu cuspe e barro sobre a cegueira.
E nada perguntar ao nascido,

mas responder ao por nascer,
seguindo a rota de um impulso-ave
na mudança das estações, pois,
para ir onde fores, tenho de trilhar

caminho inverso e, para estar dentro
contigo, em versos, tenho de vagar-me
fora. E a ser corpo, tenho de trocar-me
a alma, e a ser alma, tenho de a ter

em neblinas tuas, comigo alheia.

28.

O meu andar começa a envelhecer.
Ponho o peso do corpo sobre os calcanhares,
gastando, no caminho, mais o solado

da alma e menos o taco dos sapatos,
aligeirada, vizinha do partir de amêndoas.
Que bom que os anos são curtos,

e os mastigo! Só assim a vida faz-se
larga. Que bom esse fragmento de ser,
e me rumina! Só assim a unidade trina

é perseguida, cervo de cabeça ramificada.
Que bom tal ínfimo, tal lamento no canto!
Só assim o amor o distende e põe-lhe

a graça de um corpo a cavalo da seta.

29.

Sem rumo, carrego o rumor cego,
e, a subir ao nascimento, desço as escadas
rumorejando, e, a subir ao pranto, rola
o riso sem prumo dos rios sem água
a subir do fundo do coração sem orla,
e o paraíso desmorona bicado pelo olfato.

30.

Quando eu me havia acostumado
com a fome; quando eu me havia
contentado com a escassez; quando
do amor, bastava-me a logotipo
de um rastro, um indício, um ruflar,
eras tu no quarto. Eras um corpo.

31.

Desde quando amamos
neste quarto, as paredes

e tudo que de sólido o cercavam,
se desfizeram. Desde quando

amamos neste quarto,
nenhum adereço ficou

fixo ou atado; as letras
estranharam-se. Desde quando

amamos neste quarto,
com os remos perdidos

à correnteza de um quarto,
ei-lo aberto ao universo.

Ei-lo, girando, girante,
alto, centeio de mundo

num verso, com a luz
dos corpos consentidos.

32.

Não me farto rápido
de uma fruta. Degusto-a
espaçadamente, com vagar

tamanho que, quando brota
a fruta do outro ano, recém
assimilei a de antanho.

Assim entre o beijo dado
e o que me privas, há um
sabor derramado, persistindo

nos ciclos, e nem me dou
conta da ausência, ainda
insaciada da presença.

33.

Em desdém, fala-te o amor
a teu amor: eu peço o teu sobejo,

em tua penúria não toco. Apenas
o que te sobra, o que te exclui,

o que te submerge em algas.
Não o corpo, mas a roupa.

Não a pele, mas a casa.
Não o rosto, mas a estampa.

Em troca, deixo-te nu, limpo,
nascido. Eu, o amém, te alivio

de ainda não seres um corpo.

34.

Disse o amado em desamor:
sou tudo o que me foi arrebatado.
Não sou a nuvem, mas o detrás
da clausura. E a nuvem será

chuva com a escrita do silêncio.
Disse o amor ao mal-amado:
se eu não me for arrebatado,
a mão do ímpio não secará.

E o corpo fica água retida.
Se eu não te for arrebatado,
dar-me-ás apenas ouro e prata.
E o corpo fica sorvo cativo.

Tira as sandálias, pois o lugar
em que o amor se aparta,
levando-lhe o corpo, é igual
ao do regresso. O vazio do grão

é o pouso da árvore. A luz
dentro de uma cesta ultrapassa
as muralhas dos outros corpos.
O arrebatado é o delta dos rios.

35.

Ser um corpo abre fendas no tempo
sem tempo. Ser um corpo possibilita
o espírito adentrar-se, em temor e tremor,
na roçagem do infinito. A suada pressa

de ter nascido não satisfaz. Quer estar
inteiro no trajeto a galope do sonho,
quando lhe levantas, amante, um mote
da vagueza estelar. Entre os céus

e a terra, essa pradaria, esse rincão.
É trava pensar-se que o atravessamos
morrendo. Apenas o lento hálito do amor,
quase brisa, quase fio de seda nos ares,

costura-nos a vencer o hiato. O amor
que nos isolou a que nos uníssemos,
que nos fragmentou a que fôssemos
um a pátria do outro. O lugar do corpo.

36.

O lugar do corpo é a lentidão
de cobri-lo com camadas e camadas
do desterro sem húmus. Um corpo
ouvidor da escassez a vesti-lo
com a cinza das parturientes mortas.
O lugar do corpo é o enxugamento
das circunstâncias e ocasiões.
Por escrito, desce e sobe semente.

37.

A luta inicial, o esplendor
do anjo. A luta de igual para igual,
a precipitação do anjo. A luta
final, os abismos nos cavam
o olho da fonte, a noite nos
reverte o íntimo hálito do sol,
o desamor dá-nos leite ao face
a face dos estigmas. Porém, luta
desigual e sem memória, com
a genuflexão do anjo na rótula
do pranto do amor tomar corpo.

38.

O lugar do corpo é o corpo
em si, vestido apenas de nudez.
E a sua aura engloba o circundante,
dando a impressão de que o sítio

é bom durante sua demora.
O corpo em si é a residência
do amor, e a luz excedente
cultiva e umedece em torno.

A piedade encarnou-se: eis
o corpo em si. A atmosfera
muda os campos. A luz matiza
as dobras e sublinha as nervuras.

E, na barriga da perna pronta
ao pulo, a veia azul lateja o cosmos.
O sétimo selo é a pele da boca
quando areia molhada e lonjuras.

A escuridão despertou-me. Estou
larvando-me das últimas asas.
Se eu não encontrar o lugar
do corpo, não poderei saltar.

39.

Este ponto de concentração
que sou, minúsculo, um centeio,
um rubi, imantado ao íntimo

e em translação ao centro, tornou
possível coabitar com a película
levemente resfriada. E a atração

leva os seres não a mim, casca
e moagem, mas diretamente ao núcleo.
O que bate na pele, sabe que ainda

é pouco, escasso, indo mais longe,
a que eu também ruma na sedução
da escolha inicial, contra a vigilância

taciturna. Este fogo que sou à voz
baixa, quer ingressar, uníssono,
na voz que o alteou, alteando-me.

40.

Agora que fechei
todas as portas e janelas,
que coloquei aldrabas
à luz e adobe às frestas
e interstícios da alma
e o corpo não possui
berço nem cova, podes
entrar como se saísses
de um ventre de hortelã.

41.

Era a primeira infância e percebo-me
nitidamente que estou a morrer. Percebo
sem declaros, sem crostas ou estacas,
o término dos ciclos. Não a ideia do morrer,

sua metáfora ou signo. O morrer amanhã,
para depois, de outrem. Não o desejo
do morrer cravado no nascer e que o amor
aos amantes permite e canta. Nem depois

a madureza reenviou-me a isso. Nem
quando a alma contra o corpo buscou
falecimento. Nem a doença e a letargia.
Nem o risco e os partos reiniciados.

Nem o êxtase. Os córregos do êxtase.
Era além da febre e da vertigem. Além
dos desmaios, da queda de fôlego
e da claridade. Além da terra abrir-se.

Do rosto abrir-se. Da palavra abrir-se
ao viés dos céus abrirem-se. Dos seios
e gomos racharem-se. Era-me o sítio
das vinhas. Em pranto escandido,

desenlacei-me dos torções e cepas,
um a um, oráculos de puxar raízes.
Ao corpo jamais exumado não lhe
foi preciso descer ao chão aberto.

Poupado das guirlandas do jazer,
das mariposas entre os dedos hirtos,
desde então quem respirou comigo
era-me lido, frumento e fruto eterno.

42.

Com o sangue que me valha,
paguei para desenterrar-te o corpo.
Tu empenharás a ouro, o turbilhão
da alma desatada dos panos e rasgos.
Metade das gemas serão gastas
com o cultivo sideral do espanto,
outra com a dor, teu melhor canto.

43.

Entra em corpo, sem albergue,
veste a roupa, sem os fios, fica
retido no que te solta e voa sem

as asas e, tendo-as, no semblante
pousa, pois amanhã mesmo pode
chegar a morte. Hoje, no entanto,

quem chega é a vida. Amanhã
mesmo pode o fruto visto desaguar
no oceano. Hoje, o fruto contém

o mar. Amanhã mesmo esvai-se
o corpo arcano na voz. Hoje
e somente hoje, és uma voz,

de amor escrito, em seu corpo.

44.

Não mais sentir o olor
da pele em parte alguma
da pele, é motivo para esperar.

Não mais a árvore verde
dos olhos nos olhos, ora
desconcertados, é motivo

para escrever. Nem ouvir
o ronco de um soterramento
contra os céus, contra as estrelas,

é motivo para descer ao pó
da espera. E suportar os surdos
golpes da espera, é andamento

modulado, são clave e tema
de mais uma mordida e mais
um gole ao sustenido da espera.

45.

Se eu estiver a morrer,
irmão de hora extrema,
com o corpo à destra do voo,
volta-me a tempo ao outro
lado, pois o amor sempre
esteve no oposto de meus
olhos e eu possa ao término
tomá-lo de surpresa, antes de
cairmos impressos no poema.

46.

Uma certeza que não vacila,
não crepita chama. Uma coragem

que não trema, é só voragem.
Uma fé sem o vau da noite escura,

não ama. Uma pátria não se a tem
a descoberto, sem a página de lacuna

e deserto. Não se a tem, sem as cinzas
dos corpos redigindo-lhe a claridade.

47.

Não nomear o amor é passagem
através da parede dos signos. Uma
chuva ao contrário. O lugar do corpo

não é vertical, como a glorificação
do sem nome não é vertical, mas um
deitar-se sob a árvore. São enseadas,

são atalhos, oscilações e veredas.
A umidade da maçã na lâmina
que perde o fio. A lentidão da água

no ventre esculpindo o rochedo
e o socorro da morte. O lugar do
corpo é minha ausência nas letras.

48.

O lugar do corpo frente à mutilação;
o lugar do corpo frente ao massacre;
o lugar do corpo frente ao aviltamento;

o lugar do corpo frente a simpósios
e festins; o cálice frente às traças,
o vinho derramado frente ao cristal,

reduz-se a um óvulo sem a placenta.
A distância corporal enche os favos.
Há ouvidos para perceber a harmonia.

Quanto a mim, fui aquinhoada com
a escuta da dissonância. É amargo pão,
e eu me disponho a seguir mastigando.

49.

Não quero chegar ao fim do caminho.
Chego ao meio. E tudo o que anseio
é chegar sem passagem e sem carimbo.

Não quero chegar ao meio do caminho.
Chego ao início. E tudo o que permeio
não armazena sobrevivência ou somas

ao amor. E ao início também não venho.
Apenas estendo-lhe a mão, fazendo-me
o sinal do prosseguimento. Um chegar

que não se furta ao abrir desde o lenho.
Um chegar que não embroma desfolhar-se
ao declínio do sol inquilino das veias.

50.

Intimidade, quando és corpo
de minha fugacidade e eu, atmosfera
de teu corpo. Intimidade, a larva

das árvores no pasto, lacra o lume,
e o fruto sucumbe. Intimidade, a estrela
longínqua entra no cristalino dos olhos

cegos. Sol eclipsado, coberto de breu.
Sol que desce a tumba, enfaixado
ao efêmero, minúscula patena sobre

a língua e as labaredas líquidas.
As cortinas do tempo se rasgam:
intimidade, a carne se faz palavra.

51.

O corpo do texto em cinzas,
em detritos, em esgares de terra,
será árvore e arrastado pelos bueiros,

será luz e, disperso na fuligem, fogo.
As portas se abrem sem que nada
as empurre. As páginas se reúnem

sem que ninguém as costure.
Tu reinas no cadafalso, sem voz
para impedir o baque harmonioso

do corpo na gaveta de bem-te-vis.

52.

Eu queria dar-te minha voz,
se não fosse esse acúmulo de caliça
e areia da palavra; eu queria

dar-te minha voz, se não fosse
o acúmulo de ventosas da palavra.
A voz, em sua cava, queria tanto

dar-te em troca das múltiplas
lamúrias da palavra. O inteiro
corpo quer entrar na voz,

pois a palavra necessita de figura
e de hálito. A voz, carnação
que padece o timbre das cordas

nas sapatilhas do trapezista,
o timbre esferográfico da luz,
e ouve a ferida que lhe coube.

53.

O lugar do corpo necessita enxugar
o excesso. Uma textura de arredondar
os ossos sem escondê-los sob a irrigação
das veias e latejos entre parênteses.
E o respirar suave, rama entre piares,
sem assustar a levedura do pouso
dos voos na linha d'água da leitura.

54.

Todas as coisas visíveis têm
sua aura e as invisíveis seguramente
têm um corpo. E o verbo, uma

fidelidade corporal nunca sonhada.
A migalha transborda um cesto,
a gota de água oxigenada dá a beber

do melhor vinho e a brasa desperta
sobre o limo o frescor da chuva.
Em voz baixa as raízes prosseguem.

Em alta voz o carvalho se ergue.
Os sulcos em torno da boca e o vinco
sobre a testa guardavam um nascente

entre palhas que pudesse, riacho
de colibris, refrescar-lhe as têmporas
febris. Mas as pálpebras batiam

como asas e amarrotaram com as mãos
gôndolas de pétalas. Um pano áspero,
rude, logrou cair sobre a dulcíssima pele.

55.

Apesar de mim, estou inserida
no corpo. Apesar de mim, o corpo
caminha comigo. Quando padeço,

o corpo me cobre. Quando ressurjo,
a alegria veste tal corpo. Se eu morrer
sem morrer, o corpo carrega minha

morte e a pranteia noite a dentro.
E não me deixará partir antes
de tê-lo acordado, que a morte

não é um corpo que se ausenta,
mas um outro que ao corpo vem.
Não é uma alma que se evade,

mas um outro que a alma contém.

56.

Enquanto ceifavam-se os versos,
as águas cobriam as coisas e as faces.
Doía-lhe mais o estar ainda em corpo

do que o corpo dilacerado de espigas.
Fora encoberta em vida com o coração
submerso e na morte não descida,

fora encoberta e velada para sarar a morte
e duas vezes dar-se, senão sete, a face
límpida, ao bafo dos tigres, conduzida

pelo zelo divino nos vergões das pedras
e cascos. Contemplar-te-ei até que
o teu rosto morto seja o meu rosto, vivo.

57.

Que nenhuma palavra saia
de mim sem levar todo o meu
corpo consigo. Quando a vida

me fugir, que transporte todo
o meu corpo consigo. Quando
minha alma rasgar os céus,

ofereça ao Verbo meu inteiro
corpo. O corpo não retenha
o corpo e vasto seja devolvido.

Assim, o amor que se apartar
esqueça tudo, menos de arrancar
o universo de meu corpo consigo.

58.

Entre as estrofes
do lugar, deu-se-me
um branco. Ali assentei
com pé firme a pá
e revolvi os torrões
e lapsos da diáfana
fundura em canteiros,
a surtir do envelope
a água do abandono.

59.

Não há dois corpos ao lugar,
como há duas linguagens ao texto.
Não há dois lugares ao corpo
de simetria estrita, sem acúmulos

e benfeitorias, como há duas mortes
em duas mulas trotando o vazio.
Ao lugar do corpo corresponde
apenas um vivente e uma ausência.

E a ausência não é uma alegoria
ou alusão à retirada física ou
à síncope intrínseca. A ausência
não é plástica, cópia do corpo,

um carbono do verso olvidado,
algum negativo a ser revelado
às escuras. Um pretexto da morte.
Ela te empurra para fora das esferas.

O corpo tem vida íntima com a falta.

60.

Lembrou-se que, sempre
que entrava no mar, havia
uma árvore à sua esquerda,
como nau emborcada
e florescida. Agora, vagarosa
e enxuta, recostou-se à quilha
das ramas, tronco de sondas.
Maior é o rumor da água
contida do que mar vertente.

61.

Aquele que usurpa de outrem
o lugar, fica de seu lugar excluído,
e nada lhe paga o preço de vagar

em terra estranha. Como um grão
ao vento, o lugar vai a esmo de intento
e mão. E para ser grande há de ser

solto e miúdo, em alas desenroladas,
em largo rumor de seivas. Quando
tudo era vastidão, o lugar do corpo

cintilou com as paisagens em torno.
O lugar, um propósito em côvados.
Uma latência de arroio. Nunca,

porém, um latifúndio alambrado.

62.

O lugar do corpo nos aproxima,
mantendo as distâncias do Verbo.
Numa só voz, o ser, a forma e

o ritmo. A música do sangue.
O lugar não é fechado, e sim
aberto, como o corpo de quem

o anima, mas não o tranca nem
o subloca a terceiros. A mãe
que ainda nos parisse ou em cujos

joelhos pudéssemos, na incerteza,
tão certos reclinar o pensamento.
Tão vagos, ancorar-lhe a barca.

63.

A duração sorve-me em tarefas
cotidianas, domésticas e burocráticas.
A transitoriedade ergue-me e perfuma.

Só leio um texto que necessite lentidão.
Grandes paradas e tomadas de fôlego,
espaçosas entrelinhas, quase síncopes,

ao ir e vir da ausência. Onde ocorrem
torvelinhos micuins, rosáceas, a ruminar
o sabor e o fastio que me aquecem

o estômago e me evaporam a boca.

64.

O dom da vida é atravessá-la
néscia e obscura. A altíssima
sombra necessita de um corpo

mínimo, um cisco de nada, cristalino.
São várias capas de topázio e um
enxergar com persianas abaixadas

à excessiva claridade. Não há
página que suporte a dor do sol
a ser empurrado às entranhas.

O lugar floresce-lhe plenilúnios
no líquido amniótico. À precipitação,
oponho meu atraso. Encarna-se o verbo,

encarnando-me o dom da mortalidade.

65.

Apetece-me a vagareza
da luz que tudo crie e descanse.
Apetece-me a escuridão da luz
que adormeça nas altas ondas.

Apetece-me a morosidade
que esmoreça o ponto de
partida no ponto de chegada.
O meu lugar é o esquecimento

do que escrevi. Estou pronta
para passar-me a limpo o corpo.
Ele me é alheio na sua feitura

e substância. Veio de outro e
a outro vai, que não eu, seu olvido.
Estou pronta a lê-lo sem ler-me.

66.

É de meu natural que a morte
me interrompa os passos na fruta
para eu inacabar de ver a luz

operária, inacabar de sorver o sopro
cronometrado, inacabar de escrever
as digitais carcerárias da palavra

inocência, inacabar de ouvir-te
o estalo da presença, inacabar amado,
de amar-te, se recém nascêssemos

de tantos desatinos e lacunas.

67.

O corpo órfico é meu lugar
no mundo. O corpo alado barra
o deslugar. O corpo, âncora do

dilúvio onde os cometas se
afundam. Não há rio que não
deságue no caudal dos sonhos.

As árvores emborcadas buscam-no
com raízes ávidas, para ali ter
distinto fruto. E as cores difusas,

insulares, concentram-se, aves
arribadas, em seus braços floridos.
Tudo quer fazer-se viagem

na imensidão do estrito corpo,
itinerante e sem adiamento,
sendo a única matéria transladada.

68.

Eu apenas transmudo
o corpo em palavras. Mas
virá aquele que dá ao Verbo,

corpo. Eu, a apetência; ele,
a comida. Apenas queimo-me
ao imprimir as páginas.

Mas virá aquele que, fogo,
põe a mesa e dispõe os pães.
Eu, a apetência; ele, a escrita.

69.

O cuidado era recíproco.
O sonho em seu pala de luz

fazia-se suave, dulcificava,
a não despertar o iluminado

noturno que o sustinha.
E o sonhador ao mínimo

respirava, o peito quase
parado, levitando a caixa

do peito e a casa, amiudado
a não afugentar as renas

do sonho que o conduzia.

LIVRO III
O Corpo da Luz

CANTO I
O amado estranho

1.

Viver é perceber-se
esvaindo e esvair-se
é estar cada vez mais
pleno a que transborde.

A luz tem um sabor
que o meu gosto revela.
Eu tenho um sabor
que a luz salga e cobre.

A luz é infinita, e eu,
breve. Sob o rosto
em mansidão, quer-me
o peito em alarido.

A luz navegante verte
a dupla porta de benjoim.
O ver caseia olvidos.
Ver-te o corpo entrar.

2.

Nem todos os espaços
são o lugar, nem todos
os corpos são o corpo
da luz quando videira.

Nem todos os tecidos
detêm o cheiro ou revelam,
díspares, a aderência
inteira, o suor do Verbo.

Nem todo quarto tem
o seu habitante, e esse,
talvez, esteja alhures
quando a ele se confina.

Onde o trajeto se os passos
são alternâncias de voos
pequenos, no raso? Onde
o corpo se a alma descabe

de seu corpo? E se fico
à soleira da porta, quem
por mim entra e se vale
em sacudir as sandálias?

Se saio sempre sem sair,
que vacância me contém,
e quando morro, como reter
entre quatro tábuas o solto?

3.

O meu verso surge
com o diagrama mais
adequado ao pouco ar
assimilado de minha

árvore respiratória.
Uma cadência entre
o desejo e a prova.
Entre a luz e os olhos

apascentando-se. Entre
eu indo e eu voltando
do amor, minha medida.
A disritmia das rimas.

4.

Na luz nunca falta
o que comer, e a mão
colhe direto da planta
a porção necessária
sem sobejo de texto,
sem intento de raízes.
E o ir-se em direção
já é corpo e alimento.

5.

O tempo é apenas
uma questão de luz
transtornada e da luz
sem frestas, intocada,

de quem a quer antes
do entorno no cálice
a que vai submersa.
E um homem parado,

atônito, fixo em varizes,
se movimenta em folhas
e gotas de fotossíntese.
O que lhe era cortina

se dissolve em claros.
Nunca, porém, o faro
de um cão em neblina.
O tempo é de caligrafia

eólica. Sua vibração
depende de tuas cordas.
Aguarda a brisa do ver.
O tempo é apenas dois

tópicos da luz soletrada,
a que acende apagando-se
e a que molha os olhos
como se pães no vinho.

6.

Em tudo podes substituir-me,
menos o lugar ajustado ao corpo.
Em tudo podes assediar-me,
menos o corpo da luz em pouso.

Mas podes me sugerir que eu
regresse ao corpo e desembarace
os caracóis da negra cabeleira
que a luz recolhe e enxuga

sobre os ombros do amanhecer.
Ter um corpo é ser vulnerável,
é ser em necessidade do corte
da luz não paga. Não é acidente

do nascer ou ruga da morte. Nunca
é tardio. Nós tardamos ao corpo.
Zumbem-nos zonas iletradas
que ainda não tomaram corpo.

7.

Não há maior desenlace
do que permanecer vivo,
apagado. Um lugar em chamas.

A luz não é sobrevivência,
largo e lento rio de escamas.
É algo sutil, de mais íntimo,

de conversação em biombos,
de rapto e flama de lilases,
de enfrentamento derradeiro

em corredeiras e redemoinhos
tépidos, entrantes no mar
recuado. O coração na apólice.

8.

Para saberes se a luz
que agasalhas são trevas,
ela esgota a ânfora e ali
esgazeia o olhar. A luz
da estrela adensa a noite
a vê-la nos frisos da carne,
a caminhá-la com os pés
atados e a palavra açaimada,
de sua boca desprendê-la.

9.

Mesmo no denso
escuro, a luz não se ia,

não se mandava,
pois não acabara

de falar e solevava
a palavra alvadia

no silêncio da noite
alta. E todo lugar

constrange e gravita.
A luz e seu arpão

nos covos das águas.
A luz e seu arado

nas leivas dos ares.
A luz e seus dedos

tateando a ausência
do rosto, o sopro

arfante. As clareiras,
os aros, em torno

da cabeça dormida
a seu fiel descuido.

10.

Para gerar a paz é preciso
um turbilhão vigoroso de luz.
É preciso consenti-la interior
e feri-la no tempo da desova.

E enfermar o pujante líquido
na nascente e apodrecer vernizes,
raspando-lhe o húmus da planta.
E desmatada e sem frutos,

outra luz adejar em seu viveiro,
mais do que um corpo em suada
túnica, mais do que o vivente
em surda pele. Assim sucede-me

ser a bacia e o iodo, a pomba
e as oliveiras no esparadrapo,
lavrada ao chão de espessa tinta,
as córneas da luz e a resistência.

11.

Apesar de ser interiorana,
sinto-me bem na cidade,
prevenindo-me na viagem
em trazer uma reserva

de campos. A luz lá de fora.
Amontoei com o garfo
e a caneta resmas de pasto
para os ventos. Amontoei

a mim mesma, suculenta,
no vidro trincado. E da poesia,
flagrante anódino, amontoei
o ritmo, inculto espanto,

pois quando a cabeça lateja,
o estilo não supre um copo
de água luzindo e a aspirina
da mão colona sobre a fronte

sem louros. O sereno lida
o lugar que punge. E qualquer
verso ao chamado da vida,
um pé de alface que seja,

é minha mãe. O livro iniciou
com meu corpo e a ele sou
depositária. Nem a morte fará
mais voar. Nem as profundezas

do alto. Uma ninharia que
estala, um minuendo,
um sal, são-me parideiras.
Rural, a luz lá de fora, dentro.

12.

De repente, sinto o lugar.
Sinto que o sítio é aqui onde
cabe o meu corpo e o grão
de um sonho. Onde o laço

solta-se. Para que a extensão?
O desabitado. Compreendo
na epiderme a eternidade.
Nenhum espaço é teu, longe

de onde cabe o corpo. O ir-se
além do andante voltando.
O demais é virtualidade,
lavoura a ser cultivada

e debulhada. De teu, a roupa
que vestes; a que guardas
no armário, nada tem contigo.
De teu, o pão que consomes

na necessidade da fome;
o mais na cozedura ou resto
no prato, nada tem contigo.
De teu, a palavra que encarnas;

as demais, luz reflexa, nada
têm contigo. De teu, o amor
que dás. Nunca o que recebes.
Apenas o imponderável tem

substância contigo, vendo-te.

13.

Quero ser como certas aves
que fazem nascer outras asas
e piares em diversos encaixes

e voos, sem deixar vestígios
do pouso e do calor, levantando
na fenda da crosta um tapume

de folhas de si mesmo. Quero
descomeçar-me e deixar sem
causa, a luz em fruição gratuita

tal a casa da poesia levantada
da matéria pelo bico esquivo,
na estrita medida corporal que

lhe dá molde e curvatura interna.
Um pássaro aninhado em suas
plumas, côncavo de pomares.

14.

Habitar é ter olhos. O que faz
com que a tenra folha não seja
livresca, é repô-la à árvore. A uma

casa de aluguel, paga-se o soldo.
A uma casa de empréstimo, paga-se
o favor. Casa própria vem de fora

para dentro, como um sopro na boca.
Habitar é ter a querência dos olhos.
Estar de graça. O que não cabe

na página, é alpendre com o gato
rosnando e as coisas linguageiras
solertes, rentes à cadeira de balanço.

15.

Tu me suscitas antes e depois
do meu nascimento. Ao meu redor
e em mim, mais do que comigo sou.

Tu me suscitas com um simples
mover de lábios, um estremecimento
de pálpebras. Uma secura no coração.

Tu me suscitas e escavas o lugar
do poço desde a casa e o cobertor
de retalhos. Tu me suscitas jogando

pétalas no corredor da entrada ao sol
da cama e me alcunhas de amada,
mas custas a perceber que eu vim.

16.

Eram tantos os indícios,
mas os olhos estavam turvos
para que lessem no derradeiro
o desequilíbrio harmonioso

do amanhecer de quem chega.
A adivinhação da presença
há de coincidir com a retirada
lunar de um corpo. O nosso

encontro físico ainda não cabe
no mundo. E apenas a leveza
de um polegar sobre o pulso,
a leveza subcutânea de uma

artéria de gerânios, coordena
os movimentos da luz a ser
uma fisgada em sobejo de figos.
Coordena-me a sombrear a luz.

17.

Na imensidão do universo,
para a luz descer, um corpo basta.
A multidão ficará saciada
e recolherá em cestos e cântaros,
as sobras do incerto. Quando,
porém, um corpo é homem
e outro corpo é mulher, há
uma dolência nas pedras.
Um homem e uma mulher
recíprocos, é a extrema inocência.

18.

Ide, pois, de dois em dois,
externa e internamente, na luz
e na sombra, no direito e no avesso.
E que haja revezamento. Muitas

vezes, o dentro dá os passos
ao aberto e intensifica-se fora.
E o que conduz as circunstâncias,
como um estofo, um propósito

seco, recolhe-se aos aposentos.
Os versos sempre são soltos
e inacabados. Ide, pois, de dois
em dois a servir-lhes de elo.

A vida sempre vem entornada.
Ide de dois em dois, soldar
a bilha quebrada com os próprios
fragmentos. À página um velo

cobre que a dupla andadura aclara.

19.

A videira da luz não reside
num só verso. Há nela vozerio
de cancela aberta conduzindo
a outras espécies, e o frescor
de lê-la dispersa em várias,
encrespa os cabelos de grãos.
Ao inverso, os amores múltiplos
num único rosto se reúnem
como se riachos desatados
retornassem a uma só fonte.

20.

Amiúde, a coincidência amante
e amado é tão desconcerto que não
há harmonia que sustenha as rimas
nem lugar para sua inteira junção.

Amante e amado apenas subsistem
alternando-se, como a escuridão
e a claridade. Ao tocar quem ama,
o amante anoitece o amado, e este

purpureia o visor das águas e alumia.
Amante e amado sempre se esquivam
em veredas, em atalhos, rasteando,
beirando, pretéritos e monossilábicos,

um grânulo, um rubor, as intempéries
da emoção. E no acolhimento da mútua
recusa, vai-se o orvalho das rosas
e crescem heras à deriva das janelas.

21.

Há lugares parcimoniosos
onde depositas algo de teu,
como alguma roupa sobre o encosto.
Mas ali não descansas as pernas.

Há lugares que se antecipam
como um corpo na expectativa
de um encontro desmarcado.
Outros lugares sempre regressam

ao caule, como um cavalo, um
olfato, à casa. Por isso cada nuvem
tem a sua semente interiorizada.
Há lugares em que basta nascer

para acendê-los. Outros descem
depois de erguido da morte
seu ocupante, como um campo
às escuras. Quando te detiveres,

o lugar se movimenta em hastes
de torpor assoprado. O carvalho
tomba na clareira de piares
e floresce na oficina das mãos.

22.

No ódio, a pessoa esvazia-se
e o lugar satura. No desespero,
o lugar descabe. Nas paixões,
há uma troca de equivalências.
No amor, todo lugar se despe
igual à sala onde a luz invade
cardando a nudez que ali escreve.

23.

Onde estás, se amas, nunca
é periférico. Sempre é âmago.
Ou o lugar te amortece ou tu
intensificas o lugar e ele pulsa

as batidas telegráficas do desejo.
A mensagem é o deslocamento.
Ninguém retém o anel que gira
em torno de si mesmo e engana

encaixar-se em seu firme aro,
não de metal, mas fluidez e fruição.
E o coração avaro deixa de ser

um volume no peito, mas algo
em ausência, algo arrancado,
sumido, sem rastro e paragem.

24.

Os lugares têm a mesma
hierarquia dos anjos. A queda
separou a luz da precipitação;
o arco, da flecha; o dom, do vazio.

Tudo o que te peço é que estejas
em corpo nalgum lugar do mundo.
Eu também estive, por tua fome,
divagando de porta em porta.

O lugar sagrado, o lugar da liga,
é a misericórdia. E seu caminho
é sustentado pela adivinhação
das rédeas ao rosto perfumado,

um carro em direção à colheita.
Mas nenhum vocábulo expressa
a comoção do guiador sem dar
alguns passos. Sem escandi-lo

do tumulto com a transparência.
Galgar todos os lugares, subir
acima da própria cabeça, sem
descer a si, confrangido, é névoa.

25.

A unicidade do lugar reúne
os fragmentos, teus antagonismos.
Os farelos do sonho e da fome.

O lugar te degusta e requer
a tua história, as tuas camadas
de esquecimento, e entardece

com tua aurora. Entre tantas
fogueiras e a palavra, perceberás
um cisco escuro, não alteado.

Perceberás o lugar não em seu
acolhimento, mas pela estranheza.
Vive de tal maneira que ao deixares

vazio um quarto, vazia uma página,
permaneçam originais e únicos.
Mais novos do que como os encontraste.

26.

Suporta o lugar que te cabe.
Suporta onde aportaste e o local
de tua ida. Suporta a impossibilidade

de ainda não teres nascido ou nunca
morreres. Suporta o que te sustém
em desequilíbrio, o que te enrosca

em desenlace. Suporta o ventre
que te gera apocalipses. Tu não
te desprendes do lugar, pomo

da inconstância, quando amaduras.
Tu és a vide, e o lugar percorre
as tuas fibras, e, quando colhido,

leva-te nas entranhas, caroço vivo.

27.

No meu lugar à mesa,
alguém comeu o dissabor.
No meu lugar na roupa,
alguém vestiu o desabrigo.
No meu lugar à cama,
alguém dormiu o insone.
No meu lugar em teus
temores, deu-se um vago
entulhado de cordames.
Uma cisterna abandonada
aos pássaros e à sofreguidão.
O lugar estranhável era
sustentado por um halo
como se olhos o rodeassem.

28.

Isso de não ter com quem trocar
palavras faz com que a palavra seja
alguém antecipando-nos os corpos
e o respirar, a convocação da alma,

sem método e trajeto, apenas fibra
timbrada, a romper das entranhas
o visto e o tocado, ao pé do ouvido
ausente. A certeza de um rumo

é sua impossibilidade. A certeza
da escuta é o descampado de rala
vegetação, a luminosidade alecrim
nos veios lacrados. Isso de não ter

com que trocar palavras, uns lábios
suavemente fechados num corpo
ardentemente flechado de uns olhos
que entram na gestação das coisas.

29.

A palavra é a meias-palavras,
porque a vida é de escassa medida.
A vida é a meias, porque a morte
é pela metade da sorte sorvida.
A morte é a meias síncopes,
de um amor que se quer pleno
de tantas linhas não escritas.
Mas, entre duas palavras, acolha
a íntima. Entre dois amores,
o íntimo. Entre duas mortes
certas, não vaciles, é a íntima
colmeia de asas desprevenidas.

30.

A luz que me chamava
foi o meu fio e o meu ofício.
Pela luz, ouvindo-a, sabia
penteá-la e sair à superfície.
Sabia o unguento adequado
às cicatrizes, onde acostar-me
de um lapso do sol e o rumo
a seguir com a fragilidade
ao lombo, trouxa de grilos.
À medida que me valho,
a luz faz-se tênue, corrimão
de aroma e orvalho. Creio
que estou pronta ao escuro.

31.

A luz que acolhes, podes
partilhá-la com vizinhos,
janela com janela abertas.

E onde não alcanças, ela
providencia o azeite na raiz
da lâmpada ao condomínio

das letras. Com os instintos
alertados, percebes a frincha
ao caos prenhe de jacintos,

quando consentes ser o meio
da luz perpassar seu volume.
A carne torna-se luz, enviando-a.

32.

A poesia, em sua luz,
evoca a que apareças.
A poesia, em sua luz,
conjura a que te mostres.

A poesia, em sua luz, oculta,
impõe a declinares o nome
e destapares o rosto. Eu,
inútil, que mal a escrevo,

se não te disser amor,
entornarei a fosforescência
de suas pegadas sobre
as páginas dos oceanos.

Eu, o existir de sua ausência,
palavra por palavra, só
entendo o Verbo encarnado.
E aqui fico porque estou

esvaindo-me. Ir é meu lugar.

33.

O lugar tem degraus
ou peles superpostas
ou folhas grampeadas
pela saliva do escritor.

O lugar tem estações
ou partituras desconexas
ou diversas gravitações
de um livro engolido.

O lugar caminha ínvio
ou perambula ébrio
ou escorrega sonâmbulo,
antes e depois do ingresso.

34.

Esse andamento não
há como trancá-lo:
ele vem pelos ares,
pela luz, pelo fluir
do sangue, pelo ínfimo,
pela despercepção. Não
há como estancá-lo:
já é fossa e semente.
E tudo toma como seu,
a respiração e o ver,
sendo a compreensão
máxima. O alto ouvir.
Sendo todo o querer.

35.

O poema é o estranho
que sempre retorna, como
retorna e insiste o rosto
da luz. Como tu retornas
a ti mesmo, de um sufoco.
Como destila e corta, o fio
da faca no bojo do peixe.
E de esmoleiro andrajoso,
faz-se dádiva. E desenrola
da pupila os rios sob a porta.

36.

Posso descrever a paixão
porque colhem-me as palavras
no interno ainda quentes.

E a escritura, sem deslocar-me,
sem resfriamento, ali me captura.
No entanto, vir a lume a visita

breve, publicar essa clausura,
é encargo externo, a terceiro
impõe-se a tarefa de poupar-me

dessa impossibilidade original,
colocando capa e cartonagem
à incandescência do sentir,

vestindo a anomalia do não
abrir-se à vista, com a paciência
rude de um quebrador de nozes.

37.

Um estranho pode se achegar
e ser amado, entre as coisas
e bichos familiares ao pé do fogo.
Nada aproxima o amado quando

estranho se torna na antiga roupa,
entre hábitos e sinais de nascença.
Nem ele próprio, cópia autêntica
do seu retrato na parede. Nem

a morte que menos se estranha.
Nem as sucessivas ondas do desejo
que o devolvem à praia, desferido.
O amado estranho é infigurável,

mas tem a acidez da ferrugem. Isso
não percebes se estás incólume.
Mas logo o saberás se te alcança,
estranho, em alguma rachadura.

38.

Por que tu e não outro?
E por que no outro sempre
és tu? Mesmo esmaecido,
mesmo tão improvável,
mesmo por segunda vez,
o outro és tu, primeiramente.

39.

O inesperado do desejo
desloca o corpo, empurra
o vácuo ao lugar da querência.
Com a consistência e o odor

de uma árvore a bom termo.
O inesperado do desejo
necessita de tua iniciação
como aquele que declina

o nome, encobrindo-se.
A espera do inesperado
do desejo esvazia a sala
ao esvaziar o espectador.

A espera é prova do sabor
provante. Tu não conheces
qual trajeto do inesperado
do desejo, pois não se passa

duas vezes por seu espelho.
Mas a via reflexa conhece
a cadência de seus passos,
o giro da fome em torno

do argumento. O caminho
faz-se sensível a seu ritmo,
inesperado de todo desejo.
Sem anuência, congênito.

40.

A água me ensinou a ser
amorável e o fogo, amante.

A terra me ensinou a beber
o hálito da luz e os ares

que umedece, a devolver
ao chão o respirar do sonho

errante. Ao te distanciares
na conversa do ódio, realmente

te distancias. Ao te separares
do amor, dele não te abrumas.

Antes era tua periferia, agora,
afastando-te, ele é teu centro.

Tu eterno fugitivo, dele centro
mortal. Tu vacante, dele advento.

A ruptura do ódio, o rompido
dispersa. A ruptura do amor,

ao amado junta e conserta.

41.

O amor não necessita ser
defendido com a muralha
dos corpos. O lugar do amor
é ser amado e trespassado.

Tu podes esconder quem és
e onde estás, a nudez tapar
ou escrever outro texto
em vez da pele e no fundo

do prato colocar o estilo
ao apetite imediato. Nada
podes e nada és para ocultar
o volume imenso de não teres

em miudezas, amado. Palavras,
nenhuma, te socorrem. Seixos
e plumas, nenhum, filetes
ou gotas de água ou sangue,

nenhum, te localizam. Acasos
e auroras, algum, necessitam
que os olhes. Tu sim, uns tempos
tiveste, a descer e esperá-los.

42.

Conhece a vida quem a vê
retirar-se, furtar-se do cálice,
desfiar-se dos olhos, o que ocorre

por intensa, retirante luz audível,
absorvendo da boca a saliva.
A desmedida da alma põe roupa

ao corpo. A assunção do corpo
põe casa à alma. Como nada
estranhas, hoje não poderei

encontrar-te. A estranheza, mais
que o desejo, revela a morada.
Vem e parte, sem deixar recibo

a contas quitadas. A precipitação
do lugar é tua lenta culminância
interna. Ali descabes para sempre.

43.

Eu não peço a ninguém
a ser o que sou. Mas peço
e reitero a cada ser o que
lhe cabe. As coisas miúdas,
um nadim de alento, respeito
a que decidam abrir-se por si.
Fico à porta do que ainda
não habitas. Fico à soleira
da carta não escrita. Não
invado teu estranhamento.

44.

Amigo incerto, queres
que minha fé ame tua
incredulidade? Queres
que minha luz ame tua

sombra? Queres que
minha mansidão case
com teu fel? Se és
o contrário do que sou,

por que vens à minha
casa? A não ser que,
vindo, aqui te deixes,
e saindo, a mim leves.

Se me leres o corpo,
não o deixes inconcluso.
Termina, linha por linha,
a tarefa. Comove-me

a amar-te no que resisto.

45.

Eu te entrego a palavra,
mas antes o meu corpo.
Eu te entrego os passos,
mas antes minha solidão.
Eu te entrego a vida,
mas antes minha morte.
E o voo anterior do que
fui antecipada, sem asas,
da entrega. Tudo o que
retenho é entregar-me.
Vê, pois, se me frutifica.

46.

O coração restabelece
as latitudes. O descender
e o subir. Se ainda queres
reclinar a cabeça ao lado

esquerdo, escuta primeiro
se ele não está inserido
no peito bem ao contrário
do seu registro e pressão.

O incomensurável dilata
a caixa de ressonância
com a tua referência.
O coração, jazido grão,

é o derrame da amplidão.
A temporalidade do eterno
com lentidão e constância.
A inspiração ainda não

é o corpo enquanto o Verbo
não sair da divina boca.
O verbo ainda não é o corpo
enquanto a boca não sair

do coração. E esse, em sua
pedra, ainda não é o corpo
enquanto não arder em sarça
consumível. E a alma sair.

47.

Todo o corpo é manifestação
e tudo o que se desprende da luz

é universo. O corpo coincide
com o ver e o ser visto. A terra

aguarda que deleites os olhos,
como a luz aguarda habitar-te.

As paredes transparentes, como
espáduas, aguardam o contato.

Quando a luz enfim se detém,
o restante dos passos são versos.

CANTO II
O vazio e o corpo

1.

Há uma parte em mim
que me escapa. Em torno
fico dessa entrância que
me escapa fora por ser-me

demasiado dentro. Uma
parte que me indaga em
camadas succssivas, ondas
e cores, em vigília e sono,

em quietude e rumores,
porque eu sou um cisco
no olho que persiste. Um
papel na ventania, caniço

afundado, que persiste.
E com as fibras empapadas
por essa indagação, constato
nitidamente que outro ser

responde. Não é a consciência
nem a alma que o percebem.
Vejo a resposta em pessoa.
Sou-lhe a visão corporificada.

2.

A palavra mais cruel,
mortífera poção de letras,
é a palavra *perpétua*. Nem
a pedra tem mais dureza.

Não queiras habitá-la. Uma
ferida, perpétua, não sangra
sua cura. Uma voz, perpétua,
não chama a ave ao ninho.

E a água, perpétua, não corre
nem correm-lhe peixes e barcos.
Não tem sumos de frutas
que a gotejem. Não tem vento

prenhe de aromas e chuvas.
Lavratura que não semeia
nem se deixa semear. Não
entra nem se deixa entrar.

3.

Há uma fome e uma sede
que bebida e alimento nenhum
saciam. Nem o estar amado

com o amante reclinado. Nem
o deguste nem a saciedade,
aplaca a privação sem causa.

Mas é ponto de clemência
arar em dobro essa lavoura
e a insatisfeita mitigá-la,

plantando-a e colhendo-a.
É gérmen do corpo da luz.
Um livro sem costura, vivo.

4.

Há sítios que se abrem
sem fender-se e outros
que a tranca e a mão
enferrujam no avesso.

Esses que o inteiro peso
da matéria imobiliza.
Superar o excesso, uma
só túnica. Os vestígios,

as franjas do excesso:
um só amor. O resto,
as migalhas do excesso:
nenhum pão comer a não

ser o da hospitalidade.
Vê-se uma parcela
do existente. Decifra-se
uma fatia do mistério.

A totalidade nos escapa.
A casa é o longe, dentro.
O corpo é o vasto, sem
supérfluo, incluso. Uma

claridade escrita, pulsa.
Superar os alinhavos,
as sombras do excesso:
contra toda poesia, ir-se.

5.

Quando o lugar está cheio
ou quando está um pouco vazio
se o conteúdo dele se alheia?

E se um corpo o aluga, sem
usufruto, dando-lhe o peso
do próprio vazio? Será o lugar

tal o coração que, sendo rico
e espaçoso, esvazia-se e pobre,
despindo-se, pleno fica? Estará

o coração em lugar pelo desejo
e a sua distância? Um lugar
em sombras ou o lugar às claras

de um corpo tomado de violenta
paixão, sacudido, despropositado
de ramas e frutos, tal uma bilha

deixada tombar sucos à mesa
e manchando a toalha de letras
que ninguém seca com os olhos.

6.

O vazio não é o lugar
da ausência, que é a forma
mais carnal de permanecer.
O vazio não vem antes

da criação nem reside
na criação impossível.
O vazio é o deslugar
por descaberes em ti

ou por estares repleto.
O vazio não é a lacuna
ou a frincha que permite
o deslocamento do óvulo.

Não é o imenso em torno
ao grânulo ou nele vertido.
O vazio é a extrema fixidez.
Todo lugar é transporte

de um corpo em si, viático.
O vazio é maciço, não faz
comunidade de pão. Rigidez
de viventes, e não de mortos.

A antemisericórdia. Já viste
a vida parar sem ter morrido?
Já viste o sonho estancar
sem abrir-te as pálpebras?

7.

O vazio não esquenta
nem arrefece. Não aproxima
nem distancia. Siderado,
não fala nem escuta. A luz

quisera ser de dor pungente.
Testemunha ou enredo não
os há que expliquem tais olhos
em seu âmago sem tê-la.

É um ente jogado fora sem
sair de dentro. Uma exclusão
eterna, com a possibilidade
terrena, tão plena, intocada

e restos de fulgor nas unhas.
Não são duas órbitas vazadas,
mas acesas à luz, vendo sem
vê-la e vendo que não a veem.

8.

Afasta-me desta página,
Eloim, único porque fiel.
Afasta-me desta página.
A fidelidade não é retribuição.
Ela se antecipa e te gera,
desfibrando-te e sorteando
os livros como despojos,
sob a árvore da luz vertida.
Afasta-me desta página.

9.

A queda é a desfigura,
mas o vazio não é aparição
da névoa quando o decoro

da lua alisa o precipício.
Um aquário em translação
infinita com o nadador lívido.

O vazio é presença lanhada
de uma dor pedinte e toda
impossibilidade de aliviá-la.

Ou uma dor que, ao suplicar
trégua, gera outro fulcro
em quem vai a seu socorro.

10.

Ainda não é o vagido do vazio
ser arrancado pelos pés, do ventre
da luz. Ainda não geme o vazio

a precipitação na atmosfera gélida.
Nem espuma o grito, oca cisterna
do vazio, manifestá-lo com a boca,

quando beija o rosto que a resgata.
Sofre vazio pleno, o rosto vendido
consentir no selo que o entrega.

11.

O vazio é a cunha da mancha,
cara e coroa, sal e néctar, circulando
de mão em mão, a ser alvejada

com o sol do sangue. A nódoa
em moeda corrente é inaudita,
mas o sangue é palavra de uma

ferida que vem à tona, impressa.
Não há pudor que a esconda
nem atadura que a contenha.

Arranhada lateja e emerge à pele
com sua inflamação e febre.
Todo o corpo da luz a expulsa

e treslava no reservatório público
das chuvas, cercado do estrume
das pombas. O corpo é sua cura.

12.

Eis o impasse: o fulminado
suporta tudo menos que o olhes
em suas pompas, em lisonjas
e arabescos, no reverso, onde
não se mostra e navega o dorso
dilacerado de vazio e várzeas
de cordeiros marinados de alvor.

13.

O vazio é a multidão
num só ponto, faminta.
Onde seria indivíduo saciado.
Onde seria maturação

e irradiação da espiga.
Eu não quero transformar
a pedra em pão, mas aceito
e mendigo estender minha

fome à carne substanciada
em trigo. Não quero sujeitar
a gravidade com as asas,
mas aceito precipitar-me

e plano em teus olhos
para além do sustento.
Eu não quero desvelar
o existente, traspassar

o signo, mas me curvo,
tudo vendo, num relance,
acima, que o universo
me profira às claras

a escrita turva, pois não
há enfermidade que não
convalesça com a luz.
O vazio sabe e enruga-se.

14.

O vazio é imprevisível. Nele
não há longe nem perto. Nem
ontem nem amanhã. Não é toda

parte nem a outra parte, mas
o acúmulo em torno ao bulício
dos olhos. Um contágio sem

contato. Um hálito sem boca.
É estar sem ser, em formigueiro.
A suma negação materializada.

A despiedade é a possessão
do vazio em sua broca. E trinca
a palavra, onde entra. E infesta

os frutos, onde saliva o fastio
e porfia o trilho da garganta.
O vazio é hediondo porque vivo

de não ser gerador de seu brilho.
Foi luz matutina e não soube
aguardar pelo corpo da luz tardia.

15.

O vazio estende-se sobre
os possíveis do acaso e joga
os dados sem números sobre

o poder e o esplendor. Nunca,
porém, estende a mão sobre
a pessoa sem adornos. Apenas

o vazio assume várias formas
e danifica. A pessoa é constante
e repara. Apenas o vazio muda

de corpo. A pessoa o suscita,
e todo lugar é presença.
Quer vivas quer morras, não

estás só, mas em pessoa.
Pessoa é o máximo da luz.
É toda a luz sobre si mesma.

16.

O vazio é mais temível
do que o nada. Diante do amor,
o vazio quisera não ter sido.
O vazio é a não propagação
da luz ou uma lesão de luz
excessiva. Enxuto, não suporta
a latência, e o grão o empurra.
Nenhum rio o alcança. Não
sabe da irrigação do sangue
nem da haste do trigo nem
da brisa. O fogo não crepita
em sua tapera. Uma máscara
ali não esconde um rosto,
porém o vazio e a quimera.

17.

Há estátuas que pesam
com o vazio; há pinturas
que escorrem com o vazio,
deixando a pedra e o pano.

Há livros que desbotam
em suas lombas de vazios.
E se penosa a vinda ocular,
cozem-lhe as traças. O oposto

do vazio não é a forma certa
que o exclui, mas a compaixão
que o conforta quando feridas
abertas. Todo vazio incluso é

danação. Mas sarado, exaurido
pelo corpo, tem sua redenção.
O corpo dispensa as imagens
escavadas do frio mármore,

secadas da cor fumegante.
Alhures é luz, mas o ponto
de apoio é dor. Alhures é alegria,
mas a porta de saída é sombra.

18.

O vazio é suficiente
e o amor mendicante.
No vazio, o fogo já vem

cinzas. A água vem secura.
Das cinzas, o amor puxa
veios e da água, centelhas.

O vazio absorve o pasto
à ovelha e o pastor invalida.
O amor de seu flanco tira

a rosa do nome, ao informe
dá corpo e ao corpo, asas.
O vazio pede sacrifícios

e holocaustos. O vazio
invoca expiações, e tudo
lhe é periférico. O amor

gera misericórdia, e tudo
lhe é abrangido. O nada
não é o antes ou o devir

da imensidão do vazio.
A dor do vazio tem origem:
ter podido, de um nada, florir.

19.

O vazio é avaro. Cair
no vazio é um arrojar-se
perene. Um aro lacrado.
Mas se tens a luz, podes

caminhar sobre a fadiga,
que o vazio não resiste
a esse remanso, a essa
precipitação para cima.

E amante vens, querendo,
do vazio arrancar o amado.
E esse, andante, esvaziar-se
do vazio, pondo o semblante

do que ama em repouso,
a se colmarem os tempos,
a selva nativa e os desertos
não redigidos. O vazio não

resiste que o corpo profira
o amor e os amores, como
o rio e os riachinhos, tudo
fluindo nas mesmas águas

parindo o existente verde.
O fluxo é feito de afluentes
do vir a ser, um craveiro,
mas o lugar insiste. O sangue

nunca é o mesmo plasma,
mas o corpo insiste. Do amor,
resisto às sucessivas mortes
e acumulo-me nascimentos.

20.

O que dá harmonia às palavras
são os intervalos de silêncio
em sonoros frutos. O sentido
das palavras são-lhe os bojos

de silêncio que as escutam.
Esvaziar as palavras dos poços
calados, perfurar-lhes a sede
de amplidão, não imprime

o limo secado na folha silente
desse pão sem o suor do rosto.
Uma voz que chama e outra
que responde não resume tudo.

É preciso que um corpo rompa
o vazio. Rompa todas as certezas,
pois a resposta nunca é de todo.
Aos pedaços, grânulos surdos,

em rasgos e folhas a serem
costuradas posteriormente,
conforme o tempo e o avanço
da pergunta, que nunca é

de todo, mas em acúmulos
de quietude e retrós de piares,
alternâncias de sombras
e asas, em pomos de vários

cios e ciclos pares. Somente
o corpo que indaga e o corpo
que responde são de toda
a eternidade, num só tronco.

21.

Se tiveres de fazer um longo
percurso, uma travessia íngreme
e improvável; se tiveres de entrar

na noite galopante, no mar revolto,
previne-te confiando teu corpo a outro
que fica. Tu no barco e ele no cais;

tu na montaria e ele no alpendre.
Teus passos logo terão
sustento por esse ponto ardente

da partida. Por essa pulsação
de lamparina acesa. O fluxo
do corpo viandante é o defluxo

do que em esperança resta.
O que caminha repuxa o centro
e o que permanece, avança.

Conforme a incidência da luz,
se a recebes, ou a direção da brisa,
se a respiras, poderás o corpo

vê-lo e não a lança de prata
que o alcança. Ou apenas verás
a lança e não a lua do corpo

atravessado que a sustenta.

22.

As trevas são um vazio
compacto, mas a ausência
sem o deslocamento do corpo,

sem a redenção do sair-se,
é um vazio em ondas,
não desenfreado, contido

pelo corpo contra outro
corpo em alma adversa;
pela alma contra a alma

imersa em corpo afogado.
Um vazio lento, como as
águas que sobem durante

a noite baça e o abafamento.
E a luz advir em roupagem
levíssima, transparente

película, que seja invisível
ao peso da astúcia e a maçã.
O líquido moldando a taça.

23.

O vazio é o exílio sem atravessar
fronteiras, sem baldeação de rosto
e neblinas. O expatriamento dentro.
Que dor ficar ao pé da pátria durante

a noite como ao leito de um agonizante,
bafo com bafo, apenas com o signo
dos olhos remelentos, sem o pulso, sem
o calor térmico, com a palidez de uma

transfusão inaproveitada. E senti-la
que se esvai, que esmorece, que já
não fala nem escuta. Que está inerte,
e esfria e enrijece. Que dor, pátria,

transladá-la e deixar que a sepultem
em si mesma. Rasgar bandeiras é fácil,
como se rasgam ataduras e bandagens;
amarrotar cartas e propósitos é fácil,

com luvas esterilizadas e a camélia
murchar no desinfetante. Onde tirar
a segunda via da carteira de identidade
sorvida na emergência? Onde esconder

que não se morreu, morrendo? Onde
encaixotar esse mugido tresmalhado em
campos sem pasto e açudes? Esse único
lugar que restou à cabeceira: a inquietude.

24.

Se alguém te empurrar
do lugar para fora, dá-lhe
a casaco, dá-lhe os passos,
dá-lhe a face e sacuda-lhe
os resíduos do vazio que
também lhe deixas indo-se
em corpo, com a casa dentro,
de sabor e aromas estalando
o assoalho verde da memória.

25.

Há naves que nos levam
às estrelas, mas não retornam.
E outras que recebemos sem

decifrá-las. O único veículo
que transita em duas direções
é a luz, ao volante do corpo

para o ingresso e o retorno.
Uma fruta cai ao chão quando
solta da haste e caem-nos

os objetos se não os firmamos.
Mas o corpo solto suspende-se.
O corpo não retido se infinitiza

ao contrário da gravidade. São
poucas as almas que consentem
na leveza do corpo. E pesam.

26.

O desmedido tem subsolo
no ínfimo. Eu quero cobrir
o vazio com todo o meu corpo

para que não haja nenhuma
interrupção na paixão e onde
não há viabilidade do sangue,

possibilito sua passagem
como um tronco de árvore
tombado entre dois abismos.

27.

Se eu morrer e sair,
deixarei a porta destrancada.

Se eu morrer e sair,
deixar-me-ei solta em páginas

soltas. Se eu morrer e
sair, deixarei a chaleira

fumegando à espera
e a videira cortinando

as janelas. Se eu morrer
e entrar, deixarei a luz acesa

de um livro apagado.

CANTO III
Corpo e solidão

1.

Agora eu sei por que esse
andamento, esse adágio, tanto
me comove: é a porta que ali

se abre, são as pedras que se
abrem, os ossos que se abrem,
o brilho da carne que se abre,

o escuro do brilho que se abre,
a deixar passar a desfiguração,
a que brotem na subida abrupta,

queda a queda, esfolamento e
sorvedura, a que brotem, separado
o sangue da água, a que brotem,

separada a dor da ferida, separada
a luz da ânfora, a que brotem os
lábios da mais tênue seda, corolas

de brisa e colibris, sonoridades
escandidas, para beijar essa face
que não retrato em alegorias

e da qual me aproximo e esquivo
por ser a demasia do opróbrio.
Morrendo a vejo reanimar-me.

2.

Eu bendigo a ti que ultrapassarás
no tempo escasso o meu tempo. A ti
que contemplarás destapado, minha

face encoberta. Bendigo o teu ficar
diante do meu esvair, o teu silêncio
diante da minha derradeira expressão.

Que estarás de pé e eu jazida. Que
suportarás com ardor meu esfriamento.
Sem espanto, sem tumulto, sem alarde,

a minha morte tem precisão e guarida
da tua compreensão, tal xícara de leite
sobre o beiral da tarde a mais ninguém.

3.

Amor, e somente
tu, deixa-me inédita.
Que não haja entre nós
a distância de um livro.
E toda escrita posterior
sejam as roupas de um
corpo que leste despido.
E que as letras caiam
acetinadas sobre a pele,
de uma árvore em frutos
a teu hálito estremecido.
Que não haja entre nós
a estranheza das páginas.

4.

Vou pedir ao verbo que
deixe meu corpo repousar
antes de reavivá-lo. Vou

pedir-lhe que deixe as palavras
levedarem antes de serem pão.
Vou pedir-lhe que as heras

abasteçam o meu tronco
de estrias, antes de ser exposto
ao assombro. E que haja um

tempo às letras caírem no ar
desprevenidas, com o frufru
de asas anteriores à prensa

que as alisou com ferro e brasa.
E os anjos não se apressem
em levantar o corpo há muito

ido. Eu nada criei. Fui apenas
lugar de criação e continuou
a ser gerada pelo que faleço,

tal linha não escrita surtida
pelo efeito de uns olhos sobre
mim. Um verso de reparação.

5.

A semente do corpo da luz
começa na solidão, em sua cela
e o desmoronar de toda terra

e o tapar de toda claridade
e a ausência de todo ar. O sinal
é a podridão. Transmigrar

a alma é coisa de somenos.
Tomar várias formas; esvaziar
o coração e as gavetas. Luz,

porém, é a alma não abdicar
de ser corpo, único. Substância
constante à escritura do sangue.

6.

Agora, o meu lugar à mesa:
a solidão da semente. Por isso
careço de avental e de ervas.

E invoco a presença do cordeiro.
Na solidão da semente não há
mobília que a ampare ou paredes

que a contenham. A sala de estar
é a intensidade. Nenhum copo
a esvazia, nenhuma pedra sob

sua cabeça. E o total despreparo
de quem a recebe é a demasia
da presença. A física, pessoal,

presença do imenso no arvoredo
contagiado de flores e zumbidos.
Solidão sem réplica, de vários sóis.

7.

Eu não me retiro por
retirar-me. Por retirar-me
eu fico. Ficar é o único
deslocamento. Entrar são
os passos da semeadura.

Se a estrela não se fixasse
no ermo, não intensificaria
para alcançar teus olhos.
Sendo eu ainda muda e
surda, a semente andava

à minha procura. Ouvir
e declamar vieram juntos
ao romper da membrana,
sem nenhum ensinamento.
As palavras eram familiares

sorvidas do escuro tronco
e respiradas pelo alento.
Amor, devo a ti a custódia
de minha solidão. Quando
quiseres, a casa é tua: entra

Essa savana é o diário íntimo.
Depois que as fibras de teu
ser soltaram-se uma a uma,
não mais deixei de buscar
em todo desgarrar-se, o fio

que nos une, desatando-nos.

8.

Esta é a minha fé: creio
no amado sem conter-lhe o corpo.

Esta é a minha esperança:
eu recebo o amado sem conter-me.

Esta é a minha caridade:
o amado me recebe incontido.

A felicidade é de somenos
quando a luz transborda o cálice.

9.

Como eu custei para restar-me só.
Como apelei aos ventos e puxei
pedaços de presença, farpas, perfis,

grãos, do amorável camafeu,
antes de ser só e molhar os lábios
de estar colada ao rosto para sempre.

Aquela que te amava e não tu,
morreu em meu dentro. E eu tenho
de carregá-la e não a ti, ao colo,

como se minha desmaiada. Tua
luz seria suficiente a desmanchar
o equívoco e ser a cópia do livro,

a tiracolo da árvore que caminha.

10.

O peso mais temível de que
um vazio padece é o fratricídio.
Uma alma descarnada da luz
do corpo, a tanta ruína desce.

Os espectros e fantasmas
são lamúrias sem suporte.
O ódio é o sinal da desolação
do que era rosto, ora disperso.

Só há um desequilíbrio
das esferas: a desconfiança
da alma, sem a harmonia
do corpo, que recusa toda

vestidura, indo-se além,
com o rasgar das miragens
e pondo sal às aparências.
Não me reveles a senha

nem o adivinho do nome.
Basta-me que me sejas,
da brutalidade, o descaminho.
Tudo é tão fragilizado em

probabilidades! Tudo é tão
véus, um desfazer-se em
nuanças! A força derruba
corpos anteriores ao corpo

da luz. E arde e se consome
face ao fogo da solidão, água
alteada. A força, entranhas não
tendo, perece o advento do filho.

CANTO IV
O corpo da luz

1.

Advir em corpo empurra
a luz contra a luz, a ver a luz
distinta da luz, uma luz forânea.

A luz aceita que a busquemos
onde não acende, onde não sopra.
A sermos a epifania das segadas

colinas. E o tumulto é inútil: quer
ser retirada da vastidão ao recinto
de um corpo que a compreenda

como casa própria, sem confins
em seus ossos. E nas altas marés,
espuma as reentrâncias coralinas

da noite drapeada de silêncio,
como uma barca à deriva dos lábios
de um corpo aceito e lavrado.

2.

O corpo é a presença do verbo.
O vazio é sua retirada incessante,
estando em todo lugar. Há os que

são gerados pela promessa e os que
usufruem da presença nervo a nervo.
Há os nascidos após a retirada

do corpo, e isso lhes basta a verem
que a luz não é uma abstração:
ela sangra as trevas e as coagula.

Para ganhar verossimilhança,
a tentação toma forma humana
como um hábito lavável, mas

não tem consistência. Não chega
a ser corpo. O corpo não tenta.
Com todas as letras, esplende.

A tentação é o espelho do espelho
sem o confronto do rosto, o reflexo
não da claridade, mas das sombras.

3.

Um corpo quando para, atinge
todo o âmbito inferior e superior,
e mais se move sutil, em descanso.
Um corpo quando para, é árvore,

vistoriando o porão com suas raízes
e alucinando o sótão com suas folhas.
Se não fosse o vento, de duplo acorde,
aquecendo dentro e navegando fora.

Um corpo quando para, não fica
indiferente a um pomar com seus
pomos. Não fica colmo, indiferente
ao derredor. Não rejeita a floração

do seu encosto. Quem não é corpo
em si, não encontra os demais
e as circunstâncias dos beirais,
casario e alpendre, entre si, corpo.

4.

Quando o ar se torna áspero,
o corpo da luz interrompe o trajeto
e senta-se no chão, que o escuta,
com harpas e farpas, o fôlego

dos rios. A atmosfera do corpo
é a mesma do silêncio. A mesma
de uma sílaba de água na pedra.
Uma sílaba nos altos cumes

dos sonhos, onde um pé cauteloso
de uma sílaba ressoa como um
trovão. A cotovia do melhor canto:
o alento de um corpo silábico

descendo, entre fiapos,
ao habitável das coisas luzentes.
Quando o ar se torna prenhe
do adormecido à beira do estorvo.

5.

Eu posso te marear e constringir,
mas a sermos íntimos, nenhuma
parcela do corpo deixará de ser

espírito. Se tu não tivesses um
corpo, poderia moldar-te e abafar
as velas ao vento do desejo. Parto

do teu corpo e não do meu sonho.
O corpo é mais alto-mar do que
o sufragado. Se mil vidas tivesse,

não seriam suficientes a navegá-lo
em sucessivas ondas de luz e sal.
E nessas maresias, apraz-me ouvir,

por boca alheia, algum detalhe teu
inadvertido; alguma palavra nunca
dita a mim. Algum jeito de chegar

e ir-se que aqui não tinhas. Uma
inflexão, uma cadência de barco.
Um outro em ti, que eu afundava.

6.

Agora são tantas
as nuanças da dor, que
te escapa a original cor

do sangue. Começarás
a perceber as ilusões
quando souberes que

a dor não tem analogias,
mas corpo, e ao cessares
de sofrer, sofrerei por mim

somente. Sem acuidade,
sem ressonância e vetor.
Eras a forma carnal

da poesia, subterrânea
e obscura, mas quiseste
apanhar com a mão

uma luz impalpável.
Foi o bastante para
desmoronares da criação.

7.

Noite benfazeja, que me
acalma, cobrindo as coisas
a fim de que eu seja somente
respiração. E veja através
de um sorvo. Como a mulher
sente o romper das águas
para a aparição do fruto,
lavas perenes saem de minhas
enseadas desde que nasci
e estão me levando à luz.
Um defluxo, quase a termo.

8.

Eis a pátria: tua luz não é
distinta do corpo. Eis o amor:
a constância de um corpo
a barlavento. O mais é invenção.

Não há maior aviltamento
do que a apropriação do corpo,
seco de frutos. As improdutivas
terras do corpo sem cultivo,

da vida renhida à morte sulcada.
Um corpo que morre é contra
a esperança, um corpo. Outro
que o vela é contra toda fé,

um corpo. A inquietação
do corpo, vivo ou pranteado,
escrito ou apagado, é palavra.
A inquietação do verbo é corpo.

Ao ouvi-lo, o ar se desloca
tudo deslocando em camadas
e pétalas, no movimento
que causa, sem causa, o livro.

9.

O corpo está na origem.
O corpo, a ser parido dia a dia,
é anterior ao nascimento,
como o poema se antecipa

a quem o escreve e tira-lhe
os excessos de rima e peso.
O corpo é posterior à morte
e atrai a si o cumprimento

da escritura indelével, e faz
o poeta, não residir no signo,
mas na abertura. No intervalo
das exéquias, é alma vivente,

balsa do nome e travessia
da carne. O corpo, revelação,
não se o tem por herança.
Há pessoas que nascem

e morrem sem reconhecer
as próprias mãos ou o pranto
interno dos ossos. E o verbo
sopra e arde a túnica vazia.

10.

O corpo não se plasma
com moléculas de conceitos.
Não se amarra a símbolos.
A nada é análogo ou similar.

É impossível configurá-lo.
Nenhum emblema ou decalque
retira-lhe sucos. Sendo todo
substância viva, em árvore

votiva à beira da reclinada
bilha se estima. Há, pois,
um erro de perspectiva: só
a alma se alimenta de pão.

O corpo necessita da palavra.
Vê bem como se brutaliza
se não sorver da plenitude.
O criador é imanente à criatura

que transcende à disciplina
da vida. A morada do corpo
é a imersão na luz, a entrância
da entrância, quando destila.

11.

O inferno é estar em corpo
sem consenti-lo. É continuar
corpo, fora do corpo em campos.
A dispersão das ovelhas em açoite

e corpo. É uma resposta tardia,
com as orelhas viradas para trás,
pela pressa e impaciência de
cardar-lhe a lã e a escrita branca.

A queda é o vagido do corpo
não em fenos, mas ao cajado
de apólices vencidas e a soberba
em substituí-lo por centelhas.

A queda, do corpo ter vagado
tanto tempo conosco na esteira
dos propósitos e a luz não tê-la
ao peito lasso na caída da noite.

12.

O corpo, ao contrário
do supérfluo, é a justa
medida. Quem passou
sobre as águas há de
varar o deserto. O furor,
pondo-se corpo, alivia
as crinas e trava o açúcar;
a dissonância tempera-se
em arreios. Que a morte
não te surpreenda fora do
corpo. Em páramos alheios.

13.

O lugar mais sagrado não é
onde nasceste. Esquecendo-o,
as parreiras sopesam. Vê bem
onde morres. Deixa-o cardado

em flor. Deixa com o melhor
de ti, o lugar a seres chamado.
Eu agradeço a todos os que
de uma forma ou outra, bem

ou mal, dialogaram com minha
morte, em resguardo, enquanto
eu madurava e nascia de parto

natural, rompendo-me as águas
do paraíso e cortando de vez meu
cordão umbilical com as estrelas.

14.

No corpo a verdade
transborda. A primeira
frase a dizer a um demente:
queres que eu te ajude
a procurares teu corpo?
O consentimento é cura
e iluminação das rosas.
Devemos nos preparar
para acolher as almas
sombrias de um corpo
apagado, gélidas de um
sopro abafado de éter.
A verdade se desvela
descobrindo a fidelidade
das enzimas: o contato
com o silêncio do Verbo.

15.

Um corpo sente-se estar
unido a outro corpo em igual
tronco de trinitária fonte.
Em sua pele faz-se a ferida

do que seca e se desfibra.
O que resta junto à seiva,
sofre, e o que se desliga,
sensibiliza os desunidos

veios na folha queimada.
Basta um átomo de sombra,
um triz de assombro, refugo
do plangido entre carvões

e o corpo reúne as cinzas
do logro, para também partir
e, na ausência de si mesmo,
faz-se forte sustento. Nunca

se retira, porém, sem enviar
o consolador, rama a rama,
resina a resina, esse mercúrio
de luz que lhe cicatriza a ida.

16.

Aqui cerze o cisma: o corpo
da luz não é coisa deste mundo.
Por isso o rechaçamos. Por
demais visível a ser habitado.

E de um imenso suspirar segue
a subida à morte, sem algum
signo nos céus. A aurora
é bem mais do que a dispersão

das trevas. A aurora é, afinal,
nos vermos claros no escuro,
pelo latido do coração. Pelos
lábios selados de um latido.

Um sepulcro aberto, apesar
do lacre, é pouco. Um sepulcro
vazio, apesar do corpo, é pouco.
Uns pés cravados é escasso

enredo às asas balsâmicas
dobradas sob o travesseiro.
É preciso ir onde a aurora
o precede vestida de néctar.

17.

Corpo é mútuo ir-se
escrevendo, mútuo ir-se
olvidando, numa única
e úmida palavra. Corpo,

alma do mundo em rotação
a uma lágrima retida.
E o amor, alma do corpo,
sorvendo-a em translação

aos olhos, mútuos, suscitados.
Regressa do êxodo. Põe
o pé sobre a escritura. Aceita
estares em corpo face a face

às águas salobras. Aceita-te
peixe na adversidade e inseto
entre os papiros secados.
E tudo abrangendo, ínfimo

ao astro, latência ao real, sê
tua alma ausentar-se do luto
e aguenta no osso do peito
restares o corpo do contexto.

Só então verás que a luz
nunca se oculta. É o corpo
que tantas vezes se cobre
de páginas. De acasos e ervas

entre telhas. De senões entre
a maçã e o paladar. De nuvens
entre dedos. Ou de alheio corpo
no vinho, entre círios e cílios.

18.

Uma vez corpo, a alma
não retorna à carne, como rios
ao cálice. O que retorna de idade
em idade, de um corpo a outro

corpo, é a luz que os suscita.
Voltar seria servidão. Bloco
de sal e pão amargo. Quando
prossegues, quando entras

em corpo, prossegue e entra
contigo a criação e o criador.
E a quem sempre viveu em
tendas e envelopes, será lícito

edificar e plantar. Será lícito
deitar-se e acordar no fruto.
Contra todos os determinismos,
a novidade do corpo sitiante.

Ver o corpo em pessoa é coisa
da árvore em seu tempo. Fora
das estações e da morte, vê-se
a pessoa em corpo e compaixão.

19.

Os bens podem ser retirados
e as posses entregues a outro
dono, rasgadas as vestimentas
e a guarnição de cama e mesa,

desocupada a casa de aluguel
ou própria, queimado o livro
emprestado ou apócrifo, menos
o corpo venturoso na desventura.

A minha maior certeza é que
reconhecerei o corpo glorioso
jazido sob qualquer deformação.
O esgotamento do corpo, em

suor e pranto, em gozo e perdão,
faz-se esplendor do verbo. O corpo
é a definição, a clareza da chaga,
ao extremo. Como a lâmpada

concentra luz em um foco, um
ponto mínimo e a difunde ao
derredor, quando alta e intensa,
incessante, mais atinge e desvela,

assim a simples escuta da palavra
recupera o lugar do corpo, o eixo
das asas, a intimidade do universo
à mostra. A morada do iluminante.

20.

O corpo protege a alma do cerco
da ambição e dos assédios da soberba.
Apenas não a protege de si mesma
e padece. Que solidão, desci ao fundo

das coisas. Onde o corpo incluso de
meu corpo exposto à mesa dos vendilhões
do templo? O corpo sempre esconde
sua realeza ou é bem real em vestes

de pastor; bem vistoso apascentar
vaguezas, sem vestes, desejoso. Porém,
como é difícil acreditá-lo frente aos
restos mortais da luta desigual do ver

sem vê-lo, de o conter sem nomeá-lo?
Como é estreita a alma diante das cinzas.
Não tenhas pudor de teus mortos.
Deixa-os em teu corpo, destapados.

21.

De nada adiantaria a alma
vivificar o corpo sem a voz
que o visita e atualiza-lhe os olhos.
Silenciada, irriga os escuros veios,

e, após proferida, o corpo curva-se
em balanço e sonho, um quintal de
limoeiros enovelando-se no outono.
Tudo é tão simples, sem aforismos.

Eu não tenho outra explicação,
outro argumento, a não ser o corpo.
Ei-lo. Responda-me com igual
transparência. Não interrompas

o fluxo da fertilidade, acasalando-nos.

22.

A solidão não se desgarra
do corpo. O corpo em si é mais
do que ele somente e atravessa
as lavouras e as mutações. Um

corpo em si é mais numeroso
do que as estrelas do firmamento.
O não corpo diz: não posso
florescer pão diante da fome.

O corpo fragmenta-se e dá-se
de alimento. O não corpo diz:
careço de campina para acampar
a multidão. O corpo vinha, junta

as ramas e dá fruto, cem por um.

23.

Não há como esconder
na estante esse escrever
a dois, do corpo comigo.
Não há como não sermos
íntimos declarados, em letras
de papel público timbrado.
A página germina quando
a alma da poesia confirma:
estou faminta de meu corpo.

24.

O despojamento do corpo
é exuberância da rocha: emana
leite e mel. Não o abafes com
aviamentos e ouro. Uma árvore,

uma pedra ali estão. Um corpo
escolhe apresentar-se. Escolhe
a constância ou a extinção da luz.
Um corpo contra as águas,

um corpo entre as labaredas,
um corpo em si, contra o perecer
dos corpos, sinal de contradição,
não escolhe, porém, ser a pluma

de unificação estelar, o amálgama
entre a cópia e o original, a liga
dos passos no retorno, na via
inversa do poema sem assinatura.

25.

Disse a alma, senhora,
ao servo corpo: eu te desamarro
para me mostrares o caminho.
Disse o corpo, barro, à alma
assoprada: eu sou o caminho.

Servidor e senhoria escutam
da luz os passos: vos envio.
Se eu for silenciosa, podereis
me ouvir. Se eu for descabida,

podereis me beber. Se eu for
velada, podereis me destapar.
E me colocareis como um
candeeiro no alto da reserva.

26.

Visualiza um vale com vegetação
e animais. Visualiza-lhe o pastoso
silêncio. A expectativa da água
nos córregos cristalizados. O tule

da espuma entre a laje e o vácuo.
O eu profundo. E vê, num repente,
a translação atemporal de um corpo.
Tudo vibra e estremece. Tudo vem

à tona, como as figuras sobre a tela
quando a tinta toma buquê. Tudo
saído de um longo retiro à passível
boca à beira da fragrância. O mistério

imponderável do mistério ter corpo.

27.

Não há diferença entre o corpo
em si e o corpo a caminho.
A água subterrânea persegue
o movimento dos pés no raso

e da água na medula do texto.
Como uma carpa, respinga
e salta. Para chegar à alma, há
degraus e corrimões. Ao corpo,

apenas um deslocamento. Para
atravessar a vida, há vestidos
superpostos e tingidos. Para

arrebatar os céus, apenas um
corpo sem adereços. O baque
de um corpo ileso das fúrias.

28.

Quando um corpo pressente outro corpo, os olhos alertam. Se o corpo se recusa ao corpo, os olhos também fecham. Se um corpo ao corpo põe falta, os olhos afundam-se, ostras marinhas a serem o lugar da remoção e do abrir da concha.

29.

Rezei a vigília de todos os corpos,
em contrição às chagas. Esse rosto
de relance, esse corpo de relance,
esse amor, encontrá-lo-ei na próxima

rotação da luz. O lugar do corpo
sem lance de claridade não é a palavra
imóvel, pois em repouso sonha e
cintila. O lugar não fica vazio com

a retirada física. Na morte, o lugar
ascende e descende. É luz ou trevas.
O lugar soterrado vivo no corpo morto
ao relento, padece a sintaxe da vinha.

Ainda não te alfabetizaste à luz
sem soletrar suas noites. Ainda
és de parcas letras da expectativa
maior do que o corpo. Escreve

o movimento inverso. Nada esperes
e do breu prensado de uvas, o limo
da luz arde na tina das manhãs,
como uma semente em tua carne

e um lume vinhador arrastando
vai os chinelos gastos de insônia
tão mansamente que não despertas
nem recordas teres ali adormecido.

30.

A luz nunca é de chofre.
Abrir-se de chofre à luz, faz
despercebê-la, deixando-a
escorrer sem que entre e irrigue
os tecidos; sem nada saber

de suas moitas carregadas
de absinto. Ser à semelhança
da luz, é progressivo andamento
em ondulações de madressilvas.
É vir de longe, aos poucos,

esfriando a infusão na boca,
até aclarar e consentir o corpo.
Mesmo quando cura, continua
curando. De aprendizagem
lenta, quando alimenta, não

satura. Quando verte, não
transborda. Sua medida não
ultrapassa o sonho diarista.
E para ser intensa, necessita
ser minúscula, concentrada

em sabor e prova. No embalo
das redes da paciência,
irradia temperos e virtudes.
Escreve a fé, estando em luz,
com o corpo apagado. Giza

a esperança, percebendo-o
iluminante. Em velocidade
maior a esses raios, esplende
o amor em corpo propagado.
Os olhos da luz após sorvida.

31.

Filho da luz, o verbo nunca
é subitâneo. Ele te chama, e tu
arranjas qual o corpo e qual
a alma da resposta contínua

com a morte subitânea nunca
esgotada. Se eu deixar um verso
com um braço inacabado, com
uma órbita vazada onde um

sustenido se aninha, um perfil
vincado de heras; se eu me deixar
ao meio rio do fazer-me, ao meio
fio do dizer, se eu me deixar

em taperas, a esmo do tempo,
é porque estou viva e indaga
tua caridade, enxertando-me
luz e sombra. E isso puxa

a que eu também te acrescente.
Apraz-me que alertes em meu
olvido, o não amado ainda
finalizando o poema rompido.

32.

Se me vires chorando
de repente, em plena rua,
não é de dor, mas de luz.
Se me vires cair como cai

a noite, em plena vida, não
foi o coração que parou
de súbito, um balde entre
a borda e o fundo do poço,

repleto de água cantante.
Caio ao solo de antiga luz
que completou seu zênite.
Não me sepultem às pressas:

estou prenhe, e a luz quer
ainda escrever-me a pele.
E se meu corpo caído for
sorteado a diversas eiras,

há de prevalecer o sonho
à vida, para o reclinar
dos despojos e o pouso
da vinhateira. Esse lugar

raso chamar-se-á aleluia.

33.

O lugar estala. O lugar violino
vibra a serenidade de um corpo.
O lugar descansa a seu andamento.
O lugar não salva mas apela

e purga a torrente em sua árvore.
Nunca estável, resulta da vida
em movimento evadido, conduzida
por parreiras que voluteiam sem

alarde. Há vestígios de lugar
na palavra proferida, mas lugar
inteiro cabe ao corpo da palavra
sussurrada. No estremecimento

da luz, o êxtase, quando consentes
que nada houve ou foi devido,
para que a onda caia serena
depois do máximo. Um lugar

carregado de presságios ou leve
de amados exaustos, dormidos,
que se desenlaçam sem algum
ruído. Um lençol que escorrega,

uma pétala, página, que escorrega,
destapando-os. Um timbre, aroma,
quase toque, que os acorda, sem
reconhecerem onde se encontram.

CANTO V
O arrebatamento

1.

O arrebatamento são páginas
cegadas de noite fechada.
O corpo da luz não se imprime
no mundo de permanecermos

ainda dispersos nele. Mas sendo
da luz o corpo com todo o meu ser,
onde jazo eu? Que esvaziar
de poços, que rompimento de

vasos é estar aqui contigo, não
estando tu? Tu és eu não ter
partido, em alento. Eu sou tu
não teres ficado, em movimento.

Meu nome já se foi, meus olhos
e boca foram-se de não te haver
despertado, reunindo o desejo
ao texto lendo a carne no além.

2.

Tu não teres ficado é não
caber o corpo na alma que
corporifica o mundo,
como se eu fosse a esvaída

palavra e tu o livro nunca
ausente. Não teres ficado
amarra-me à árvore da vida
a não voar junto à assunção

do fruto. É restar atada aos
mesmos laços da ida e ser
flechada com seta florescida
dentro, estando fora de mim.

Tu vais e me deixas por
ter crido em que tu, tarde
advindo e cedo partindo,
eras o amor a repartir-me.

3.

Sou da escrita de teres ido,
um desnovelo, um estorno
no vasto e descampado da
página branca, sem a clorofila

dos olhos. Uma página imersa
na água prima. O nó-cego
e cardado de tua retirada.
O verbo se comprime em

aqui sobrar e estima o não
ficar substanciado em sal
e fermento. Jamais estares
é aceitar-me fora do tempo.

E costura onde navegas.
Sabias que eu não iria a ti
se ficasses. E tudo entoaria
somente o estarmos juntos.

Tu vais e eu fico; ondula
o universo e o sol à semente
desce. As torrentes geram
torrentes e arredondam-se

seixos na cantaria das águas
idas. Poderiam faiscar lumes
em miríades, não fora a atração
e o silêncio sideral de teres ido.

E seria pouco provável ainda
soerguer-me da pulverização,
mas suceda o que me suceda,
visto o poema e resido onde vais.

4.

Para curar o espinho do ficar,
há que descer às raízes do partir.
Para curar o espinho do ir-se,

há que acender a rosa dos ventos
na lapela de feltro e naftalina.
De onde vim pouco importa;

o espinho faz-se anzol de nuvens.
Importa onde continuo fluindo.
E se os mortos idos não podem

se comunicar com os deixados
vivos, a vida pode puxar-lhes
conversa, desde que se disponham

a morrer um pouco. As cartas
expedidas necessitam da posta
restante, consentindo na sobra

de assunto e queixume. Os idos
nutrem-se dos que ficam acesos
a partilharem a morte, vivendo-a.

5.

A rosa, frágil, é espessa;
o vento, ágil, é espesso do
aroma da rosa. E tão mais
espessa a goma dos sonhos

ao assédio do alento breve
de grãos e de espessura cortante
o sutil fogo e os olhos que
o fomentam. Unicamente

não é espesso o corpo com
a invasão de luz de teres ido.
E essa falta me preserva
de toda metáfora. Se ainda

estivesses, seria golpeada
com a adaga da presença
malnascida. Teres ido
flameja não aqui, penúria

e chaga, mas na trajetória
do alvor nas pontas dos dedos
à escrita da ausência. Da luz
que pastoreou-nos as trevas.

6.

Onde achar um destino
intemporal, sem o tempo
do ir-se? Onde achar-te,
alegria, sem o descontínuo?

Onde remar a alma sem
os decúbitos? Sem as valas
e florescências? Teres
vindo, me redime do claro

desamor, e a voz continua
reboando nas cordilheiras
alvacentas. Teres ido
revela o negativo das brumas

lerdas, num mover parco
de lábios como se morressem
só em consentindo a perda.
Teres ido faz-se incessante

provar, um astro jogado
no palato do pampa. Qualquer
distância é luz instantânea;
tu soletrando o mínimo do

deixar-me e eu com a maior
parte da leitura inacabada,
de me teres partido o amor
que me ausenta em corpo.

7.

Estar contigo, letra a letra,
síncope à síncope, é chama
eterna. Tu indo assopra
desde essa janela aberta,

sobre a mecha mal e mal
acesa, alternâncias de luz
e sombras, ainda vendo e
não vendo, desenhando-se

pão esmorecido e alteado,
sobre a mesa bem sovado
e também solto ao relento.
Que o coração, ametista,

dure incrustado à dureza
que o tece e agasalha. Que
o coração dure a mansidão
de suas migalhas. E mais

dure o teres ido em carência
de meu ficar. Alta noite,
acolho a cabeça coroada
de orvalho e o silêncio estala

nossas pisadas no vento.
Um silêncio que se quisera
grito ou ranhuras à seiva.
Abafo de sândalo cortado.

8.

Antes o livro te evocava
e linha a linha, te nomeia.

O livro torna-se pleno
com o dele ir-se apagando.

Teres vindo gera a escrita
na esfera tocada. Teres ido

faz a esfera agasalhar-se
na pele ainda não lida.

Não mais desenrola
do carretel o fio, mas saliva

de aranha em trapézio com
o vazio. Um corpo não posto

à nossa imagem, mas à imagem
sobre ombros, corpo a corpo.

9.

Tu que me lês, se eu me for
ao centro da luz, aqui não busques
um grande fulgor que também
interprete os trêmulos traços

da segunda mão ao reescrito.
Mas um foco interno e intenso,
que tenha se negado à largura
e distensão dos raios, para

escorrer uma estrela de uma
gota apenas. Uma dor fornida
de uma página apenas. E o
largo ir-se acolhe o recluso

ficar para o texto mais ocultar.
Porque uma nebulosa girante
é sempre rascunho e busca
da luz não detida da partida.

10.

É necessário uma perspectiva
de distância para a irradiação
do corpo, senão seria insuportável

o seu sol. A incandescência da
pele é simultaneamente o não
corpo. A lonjura. E todo corpo

nascido de mulher tem por facho
um corpo não gerado que o revela
em distâncias sem celeridades.

Vencê-las é não mover-se. Estar
rente ao distanciado e ao abismo.
Não há maior imensidão: o hálito

da ausência. O corpo que avança
não vê a separação que todavia
o punge, mas o afastado o avista

e puxa. E sangra a palavra que
escorrega com o corpo todo que lhe
escapa. A terra esvaída do fruto.

11.

O tempo não é a contenção
do corpo, como o corpo não é
a contenção da alma, a quietação
de suas ondas, pérgola das vinhas.

Mas o rompimento, o desvão.
E em ambos, tempo e corpo,
a austeridade pela sagração da
carne. O tempo, suor, quer-nos

os poros. O tempo, ravina,
quer-nos a água. O tempo,
cavalo, quer-nos pastagem.
E prisioneiro da vacuidade,

vem soltar-se na varanda
térrea da escolha de um corpo
a ser arrebatado. O desvario
no regaço. E o corpo sobe

esparzido em mil pedacinhos
e distribuindo-se, recolhe.
Rompido, sem quebrar-se.
Nunca em paz e tão juntura.

O corpo da luz descida nunca
se evidencia. A olho nu não
tem película, exceto com os
lábios selados sobre as pálpebras

abaixadas de um cordeiro
assentado sobre o rosto do livro
que o próprio amor esvai-se
circunscrito pela encarnação.

12.

Há sinais e sintomas da luz
conjugados. E não raro sinais,

sem sintomas, como cicatrizes.
E sintomas sem sinais, ou cerzidos,

como a saudade e a constância
do invisível. E há certos sinais

que não se veem, não se alteiam
em versos e arranhões, de um

sentir nunca localizado. Talvez
sejamos, do verbo calado, da

escura lástima, o sintoma cravado.